呂曉琳 著

家在何處？

美國華人小說中的雙重他者性與文化身分認同

目次

序言

全球化時代的一個主要特徵是跨國移居者浪潮的出現。對跨國移居者文學的研究也隨之展開並逐漸加以深化，成為當代文化與文學理論界不容忽視的課題。美國是全世界移民人口最多的國家，華人的跨國移居經歷是美國華人小說作品的重要主題之一。文學界對美國華人小說的研究主要集中在兩個方面，即對美國華人華文小說的研究與美國華人英文小說的研究。美國華人小說研究不僅著眼於出發地文化與移居地文化之間的各種矛盾衝突與融合，更重視對其作為全新人類社群的個性特徵分析。

本書以美國近期移居派華人作家所創作的小說為中心。近期移居派華人華文小說作品將華語受眾群體視為預設讀者，這就決定了華人華文作家大都描寫的是對自我命運、歷史文化、身分認同等主題的思考，即使有的作家創作成果豐碩，在中國大陸、港澳臺及世界華語圈享有廣泛聲譽，但鑑於語言或意識形態方面的特殊性，除了通過翻譯成英文介紹給讀者，華人華文作品很少能被英語圈讀者所熟知，華人華文作家縱然關心其作品是否能在美國以及世界圖書出版市場占有一席之地，這種關心也僅能侷限於譯者實力、譯作出版等外在因素。近期移居派華人英文小說作品將英文讀者視為預設讀者，作家除了對他們出發地歷史文化、故國回望主題描寫的同時，還須兼顧滿足英語圈讀者的喜好需求與讀者期待，為了能夠得到英語圈讀者群的認可，從籌畫創作到出版發行、市場運作，都必須考慮受眾群體的接受能力以及喜好趨向。而英語圈評論界除了關注他們作品中東方化的異域特徵外，對作品語言和作品本身的評價卻並不多見。這些華人英文作家即使在國際文壇頻頻獲獎，也難以得到華語圈讀者的問津。

華人移民群體經受白人主流社會壓迫與排斥，飽受各種歧視，是在夾縫中謀求生存的邊緣群體，經過一系列的身分認同掙扎，不斷在他者社會尋求自我，建構自己獨特的身分價值。本書通過對美國近期移居派華人作家所創作的華文小說作品與華人英文小說作品進行對照分析，選取華人華文代表作家查建英、嚴歌苓、艾米和華人英文代表作家哈金、閔安琪、李翊雲作為主要研究對象，結合小說文本中所體現出的種種少數族裔話語、女性主義話語、創傷敘事話語以及東方主義話語進行論述。華人華文小說在敘述美國移民故事時，敢於大膽鮮明地描寫種族與性別被雙重邊緣化的華裔女性，堅決澈底地挑戰父權、夫權與男權社會壓制；而面對種族與階級他者化，華人英文小說對女性不平等的描述則淺顯隱晦，盡力虛化。使用英文書寫的創傷敘事主題作品，不必顧及政治氣氛的影響，作者更能直抒胸臆，但為了取悅西方讀者，不得不賣弄東方元素。若用中文書寫，在大陸出版，只能刪減敏感題材與內容；港臺以及其他國家出版，作家的創作自由度則要靈活許多。華人華文小說較少涉及東方主義話語元素，更多關注人性本身的體驗與如何化解身分認同危機；華人英文小說中大都會出現負面的、迎合西方世界想像的東方主義意象，這種描寫難逃販賣詆毀東方文化之嫌，但從另一角度來看，也有正視揭露社會陰暗面的積極作用。

華人華文作家徘徊於移居國主流社會與文化之外，作品語言上的特殊性使其很難引起移居國讀者的關注，在創作上始終難以擺脫邊緣化的位置。華人英文作家相對不存在語言交流方面的障礙，但他們的身分認同困惑，要比華人華文作家強烈得多。即使在移居國已有所成就，漂泊無根的狀態使他們與美國主流社會之間不得不保持一定的距離。華人英文作家的創作主題大都涉及出發地國家政治大環境所不接受的部分，使他們在出發地文化中也變成了疏離的他者。中國故事與美國思維方式的組合使得華人英文作家不得不面對雙重他者身分的尷尬。書中提出經歷混雜、排斥、中和、延續這四種方式，使處於身分困境的華人移民在面對複雜的思鄉情緒、不斷挑戰與顛覆西方霸權話語的同時，如何能相對更好地發出自己的聲音，尋求自己新的社會定位與身分認同，逐漸在主流社會得到認可與接納，實現從離散者到世界公民的轉換，經歷東西方兩種不同文化的衝擊與融合，最終在第三空間構築多元文化中「想像的共同體」，完成獨特文化身分認同的自我建構，即21世紀新型跨國移居者獨有的移動式動態身分認同。

第一章　美國華人小說創作概況與研究意義

第一節　選題目的與研究價值

全球化時代的一個主要特徵是跨國移居者浪潮的出現。對跨國移居者文學創作以及與其相關研究也隨之展開並逐漸加以深化，成為當代文化與文學理論界不容忽視的課題。韓國學者金惠俊提出，今天所謂的「華人」，除了有一部分人仍然持有中國（不論是中華人民共和國抑或中華民國）[1]國籍以外，大多數人已經不再持有中國國籍，雖然他們還繼續與中國以及漢族保持一定的聯繫，但從根本上說幾乎或完全沒有再次回到傳統漢族共同體的可能性。他們這部分人代表了尋找「理想居住地」而不斷移動的群體。將他們的文學通稱為「華人文學」，將其中用漢語創作的文學通稱為「華人華文文學」，而其中用英語創作的文學通稱為「華人英文文學」[2]。

1　本書提到的中華人民共和國及中華民國，僅從文學方面加以考量，並不涉及任何政治觀點。

2　金惠俊，〈試論華人華文文學研究〉，《香港文學》第341期（香港：香港文學出版社，2013年5月），頁18。

近些年來，華人華文文學、華人英文文學之類具有跨國移居特點的文學作品得到了讀者及學界愈來愈多的關注。中國大陸學者們一致認可將華文文學研究事業作為一個整體進行推動，這是由於此文學類別在多元化時代已經成為比較普遍的全球現象，它與其他各語種文學處於相同的位置，建立了相似的體系，不同國家地區的華文文學之間最好可以能動地開展交流溝通與往來互動。大陸學界從1980年代確定香港回歸之際，即開始對香港文學產生關心，後又逐漸將此種關心擴展至臺灣文學、澳門文學以及華人華文文學，並將中國文學和華人華文文學合在一起統稱為「世界華文文學」，建構了與既有的「中國現當代文學」相對照的新的學術領域[3]。然而，因為華文文學作為語種類別的特殊性，大陸學界只能無奈地將土生派華人後裔作家所創作的英文文學和移居派華人作家所創作的英文文學拒諸門外。

中國大陸以外從事華人文學研究的學者們則提出了華語語系文學（Sinophone Literature）概念，其中史書美作為提倡者，嘗試將臺港澳以及華人的華文文學類別與來自中國大陸的文學區別開來，力圖消解大中國中心為根本的話語霸權關係。而王德威則更加致力於擴大華語語系內涵與外延的適用範圍。他認為不僅中國大陸少數民族漢語文學以及那些具有方言地域色彩的中國大陸文學都可以從屬華語語系範疇，而且可以擴展到包括哈金等在中國大陸以外使用英文所創作的

[3] 金惠俊著，梁楠譯，〈華語語系文學，世界華文文學，華人華文文學〉，《東華漢學》第29期（臺灣花蓮：東華大學，2019年6月），頁305。

跨國移居文學作品。華語語系理論的橫空出世，又經過一系列削足適履般的理論打磨，固然可以將華人後裔所創作的英文文學和華人跨國移居者創作的英文文學也涵蓋於研究範疇之內，但似乎並不能瞬間改變中心與邊陲、主流與支流這種主宰的關係，探討問題的某些角度還不免牽強與不健全，需要進一步地不斷完善與發展。

除了屬性問題和理論研究的眾聲喧嘩之外，學者們在將華人華文文學、華人英文文學作品作為樣本進行文學研究的過程中，也大都處於「各自為政」的狀態，很少有將二者有機結合並進行相互對照的研究。從事美國華人文學研究的學者，除了出身於美國的華裔作家與批評家，還有中國大陸在改革開放之後由中文系培養出的華文文學研究者和英文系自主培養出的華人英文文學研究者。中國大陸的現當代文學研究主要對華人華文作家們用中文創作的作品表現出興趣，而從事外國文學研究與比較文學研究的學者們更關注華人用英文創作的作品以及一些新移民用所在國語言寫作的作品。關於華人華文文學作品與華人英文文學作品，在中國大陸有英語語言文學，比較文學以及文藝學專業學者對其進行的相關研究，在韓國雖然有所涉及，但這一處於學科夾縫間的文學類別，並沒得到相關的重視，距離系統化地完整研究還相差甚遠。縱然英文系英美文學專業方向的學者完全可以對美國華人英文文學作品進行分析研究，但肯定從研究出發點、研究視角、研究方法等方面都會與中文專業的學者們有很大區別。然而，由於語言這一外在原因的限制，使得很多中文專業的研究者止步於英文原文作品，而僅僅侷限於依靠閱讀被譯成中文的譯本，這樣不僅研究樣本有限，也從很大程度上被迫將研究的一手資料打上間接二手資料的印記，大大抵消了研究結果的有效性與可靠性。

因此，能熟練兼備中英雙語能力，又能自如穿梭於對美國華人作家作品進行跨文化、跨語際研究的學者，顯然會成為美國華人華文文學與華人英文文學分析研究的最佳主體。同時，筆者在韓國從第三國的學術視角出發，不論從學術理論如何正確看待與重構華人文學的版圖，抑或對出於政治原因在作家作品中一直無法得到探討的敏感禁忌主題，都能夠相對清晰地提出自己獨到的見解。觀點既不同於美國本土文學研究者，也有別於中國文學學術視野，在此基礎上定能從更為客觀的角度對命題進行正確分析。

鑑於研究的具體性與針對性原則，將主要對近期移居派[4]美國華人作家所創作的英文小說與華文小說進行對照分析，選取華人華文代表作家查建英、嚴歌苓、艾米和華人英文代表作家哈金、閔安琪、李翊雲作為主要研究對象。作為離開出發地前往美國的第一代移民，近期移居派華人作家與以往的土生派華人後裔作家在語言表達、感受性、思考方式等特徵上都截然不同。同時他們也不具備傳統的離散特徵，早期移居者一旦離開家國，就很難再有機會重回故土，不得不飽受思鄉別離的煎熬。而近期的跨國移居者們，除了少數由於

[4] 作者將各個時期移民至美國的作家分類為早期移居派、中期移居派以及近期移居派作家，具體分類依據及標準將在本書正文中詳細闡述。

政治敏感原因無法返回出發地國家之外，大都可以自由往返於出發地、經由地與移居地之間，他們活用各方利己資源，取其精華，棄其糟粕，具有一種新型的、隨時可變的跨國移動式動態身分認同。

美國是個移民國家，華人的移民經歷是美國華人文學作品的重要主題之一。移民群體經受白人主流社會壓迫與排斥，飽受各種歧視，是在夾縫中謀求生存的邊緣群體，經過一系列的身分認同掙扎，不斷在他者社會尋求自我，建構自己獨特的身分價值。隨著時間的推移，移民的性質也在不斷發生變化，從最初重體力勞動者的苦力勞工到受教育程度比較高的留學生再發展到如今形態各異的華人移民及其後裔，若不按照歷時的、變化的觀點去看待這一客觀事實，將很難使該學科研究進一步得到開拓與創新。

美國華裔作為美國社會中增長最為迅速、受教育程度最高的少數族裔之一，在整個社會中所發揮的作用愈來愈重要，他們的話語權也不斷獲得提升。但即使這樣，華裔群體遭受到不公正待遇的事件仍然頻繁發生，他們在美國社會作為「他者」的存在也一直沒能得到改變。而談到華裔群體中的男女性別角色，作為男性世界中的他者與異域文化中的他者，華裔女性在東西方文化碰撞及建構自我身分認同的過程中並沒有自怨自艾，她們並不過於依賴男性，她們追求性別平等，挑戰性別歧視、家務分配及父權壓迫。華人移民女性，除了在與華人移民男性對比的情況下，能夠表現出更好地適應新環境的柔韌性與優越性之外，她們自身通過在美國社會中接觸新想法、新事物，也使自己心靈深處的女性意識得到了啟蒙。

在探討華人作家作品中的東方主義話語及創傷敘事話語的研究中，華人華文作家的作品，涉及東方主義話語元素與創傷敘事話語元素的部分並不多見，作家們大都關注的是人性本身的體驗以及自我成長過程中所經歷的各種磨練，相對並不過多涉及政治背景的描寫。而華人英文作家的作品，除了身分認同危機以及如何化解危機、試圖更好地在地化融入美國社會之外，還與政治意識形態、歷史沉澱殘留下來的心靈創傷和東方主義話語建構緊密地結合在一起。在意識到這些問題的同時，本研究通過對美國華人華文小說和華人英文小說作品中有關文化身分認同的解讀，分析華人作家包括他們的作品中所體現的身分困惑，發現其大都經歷過從文化夾縫中的選擇性同化到與主流文化發生對抗，從多變的文化身分認同再到在多元文化中形成想像的共同體這樣循序漸進的過程。

在如此提倡多元文化的今天，美國華人文學研究不但可以起到榜樣的作用，促使更多的多元文化家庭後裔投身到文學創作中來；更能為社會學、人類學以及文化傳播學提供新的研究課題，對全球化時代華人文學的發展起到相應的借鑑作用。因此，從理論和現實觀點來看，都能對整個社會特別是文學創作的發展起到推進和促進的效果。在韓國進行華人文學研究更有意義，早先受過日本殖民統治，近期又與美國間若即若離的關係，都使韓國處於與眾不同的後殖民語境中，該領域的研究是否會對非韓裔（在韓外國人）韓語文學的創作產生某種程度的影響，還有待於進一步的考究，同時這也將為學者們進行相關後續研究提供更豐富的闡釋空間。

第二節　概念界定與創作沿襲

美國是個移民國家，世界各地有大量移民由於政治、經濟等各種原因離開自己的祖國，主動或被動地遷移至美國，短期或永久地居留下來。根據美國聯邦人口調查局發布的最新亞太裔數據顯示，截至2016年底，美國亞裔人口已經高達二千一百四十萬，其中以華裔美國人最多，超過五百零八萬[5]。華裔美國人（Chinese American）又被稱作「美籍華人」，一般指那些擁有華裔血統的美國公民，主要來源於華語圈和後來歸化加入美國國籍而成為美國公民的華裔及其後代。而由這些人所創作的文學作品，則屬Chinese American Literature的範圍。

關於Chinese American Literature到底應該譯作「美國華人文學」抑或「華人美國文學」的問題，在對該領域研究的過程中不難發現，這一中文譯法上的差異並非單純的文字顛倒遊戲，而是取決於學者對研究內容與研究範圍的領會和判斷尺度。「美國華人文學」更符合中文表達習慣，將大範疇置於小範疇之前，修飾小範疇；而「華人美國文學」則著重表

5 https://www.census.gov/newsroom/facts-for-features/2018/asian-american.html.

述其是由華裔美國人所創作的文學作品，也比較貼近其英文表述Chinese American Literature。

早在1982年，金伊蓮（Elaine H. Kim, 1942-）就曾將亞裔美國文學定義為：由中國、日本、韓國以及菲律賓裔美國人用英語創作出版的文學作品。此概念的爭議性在於：它不包括亞洲的作者，也不包括用亞洲語言表達美國經歷的作者。但這並不是說用亞洲語言所創作的作品對亞裔美國文學與亞裔美國經驗的研究不重要[6]。由此可以推斷出，金伊蓮自身對亞裔美國文學概念的界定也存在模糊性，似乎她並不完全將用亞洲語言寫作的作品排除在亞裔美國文學的範疇之外。尹曉煌在其《美國華裔文學史》中，不僅探討華裔用英文創作的作品，也研究了華人移民用母語華文寫作的作品。他主張：「如今已是認真研究美國華裔中文作品的原創性、美學價值與經久不衰的多面主題之時了。因為沒有一個更好的術語，我採用『華語（中文）文學』一詞來概括美國華裔用中文寫成的作品，以區別與美國華裔用英語創作的文學。」[7]李貴蒼對華裔美國文學這個術語的定義為：「指由出生於美

[6] I have defined Asian American literature as published creative writings in English by Americans of Chinese, Japanese, Korean, and Filipino descent. This definition is problematical: it does not encompass writers in Asia or even writers expressing the American experience in Asian language. This is not to say that writings in Asian languages are unimportant to a study of Asian American literature and experience. Elaine H. Kim，《亞裔美國文學：作品及社會背景介紹》（北京：外語教學與研究出版社，2006），〈序言〉，頁iii-iv。

[7] 尹曉煌著，徐穎果主譯，《美國華裔文學史（中譯本）》（天津：南開大學出版社，2006），頁2。

國或移居美國並具有華人血統的作家用英語或漢語創作的並完全進入美國文學界的文學作品。簡言之，由華裔創作的英語作品均屬研究範圍之內，而用漢語創作的作品則不一定會納入研究之列，需要視具體情況而確定。『完全進入』是指被主流社會廣泛閱讀或受批評界重視的作品。」[8]吳冰在對華裔美國文學進行研究的過程中，發現「凡是華裔美國人以華裔美國人的視角反映華裔美國人的文學作品都屬華裔美國文學，其中最典型的、目前數量最多的『華裔美國文學』是有美國國籍、華人血統的作家所寫的在美經歷或有關美國的作品。至於語言，的確不能只限於英語。因此，華裔美國文學既包括『華裔美國英文文學』，也包括『華裔美國華文文學』」[9]。

用華文或英文進行寫作的美國華人作家大致可分為土生派和移居派兩類。土生派作家有的是華人移民後裔，也有父母雙方中一方為華裔，另一方為歐美裔，這樣的混血子女及他們的後代。這些作家生於美國，長於美國，生來即是美國公民具有美國國籍，他們自己也認同自己的美國人身分，但家族中固有的華人文化背景又使他們所創作的作品充滿了濃厚的東方氣息，代表人物有水仙花、黃玉雪、劉裔昌、雷霆超、湯亭亭、譚恩美、趙健秀、張粲芳、李健孫、徐忠雄、

8 李貴蒼，《文化的重量：解讀當代華裔美國文學》（北京：人民文學出版社，2006），頁5。

9 吳冰、王立禮主編，《華裔美國作家研究》（天津：南開大學出版社，2009），頁4。

雷祖威、黃哲倫、任璧蓮、鄺麗莎、伍慧明、林露德、張純如、伍綺詩等等。

移居派作家大都是後來才遷移到美國，早期有容閎、李恩富、黎錦揚、林語堂、張愛玲等，筆者在書中將他們統稱為「早期移居派作家」。他們之中有些是19世紀末清政府官派留美幼童出身，有些則是富裕家庭子女通過私人方式赴美學習深造，其中多數人意欲西學東漸，救亡報國，起初並沒有長期居留美國的願望，而後基於政治、經濟或個人等等多種因素，有些回到中國，有些則選擇再次赴美。

由於第二次世界大戰中國國民黨政府與美國的盟友關係，以及後來臺美關係的升溫，不斷有經濟寬裕的臺灣家長送子女前往美國接受教育，赴美留學在臺灣颳起一陣旋風，大批留學美國的臺灣學生在文學創作方面取得了可觀的成就，形成了文學史中提及的1950、1960年代「臺灣留學生文學」現象。筆者在書中將這些作家歸類為「中期移居派作家」，其中代表人物主要有於梨華、張系國、白先勇、歐陽子、聶華苓、非馬等人，這些作家貌似甚少有英文作品問世，因為他們需要維持生計，單純依靠英文寫作，如果銷路不暢，並不足以謀生。有些「臺灣留學生文學」作家僅僅將寫作當作副業愛好，另謀主業；有些則主攻自己更擅長的華文小說創作，以期更快地名利雙收。而隨著赴美留學風氣的放緩，臺灣留學生小說的熱潮也於1980年代開始逐漸消退減弱。

近年來，隨著中華人民共和國政府與美國政府之間的邦交正常化，以及兩國關係的日益改善，特別是1978年中、美兩國簽署互換學生和學者的協議之後，中國大陸赴美留學人數激增。而除了留學與訪學的學者，事實上也另有以經商、打工、投資、偷渡、政治避難等各種不同方式與途徑前往美國並定居下來的移民。考慮到自己的前途與未來，他們在是否返回中國大陸的問題上大都充滿困惑與猶豫。這些移居美國的華人群體，很多都在工作和生活之餘進行文學創作，書中將起始於1970年代末1980年代初以及此後赴美的作家歸類為「近期移居派作家」。他們有些在未移民之前就已經在從事寫作，有些則是赴美之後經過學習醞釀慢慢開始自己的文學創作生涯，其中以中文進行創作的作家主要有蘇煒、查建英、嚴力、堅妮、曹桂林、周勵、嚴歌苓、王周生等等；以英文進行創作的作家主要有哈金、閔安琪、李翊雲、裘小龍、劉宇昆等等。

具體分類參見如下表格：

表1-1　土生派及移居派代表作家

	代表作家	
土生派華人作家	水仙花、黃玉雪、劉裔昌、雷霆超、湯亭亭、譚恩美、趙健秀、張粲芳、李健孫、徐忠雄、雷祖威、黃哲倫、任璧蓮、鄺麗莎、伍慧明、林露德、張純如、伍綺詩	
移居派華人作家	早期移居派作家	容閎、李恩富、黎錦揚、林語堂、張愛玲
	中期移居派作家	於梨華、張系國、白先勇、歐陽子、聶華苓、非馬、劉大任、平路
	近期移居派作家	中文：蘇煒、查建英、嚴力、堅妮、曹桂林、周勵、嚴歌苓、王周生
		英文：哈金、李翊雲、閔安琪、裘小龍、劉宇昆

（資料來源：作者整理）

華人移民美國的熱潮，通過移民史上若干歷史事件串聯起來即可一目了然。淘金熱的興起，1943年《排華法案》的廢除，1965年新移民法頒布之後實行移民名額國家配額制，1979年中美邦交正常化與兩國關係的日益改善，這些事件都開啟了華人大規模移民美國的一次次浪潮。而民間流傳的「美國遍地是黃金」這樣的說法，也刺激著部分華人通過偷渡的方式前往美國。時至今日，眾多華人以留學、訪學、經商、婚姻、打工、投資的方式赴美，甚至有人不惜通過非法偷渡、政治避難等途徑前往美國並試圖留下。

1848年，伴隨在美國加利福尼亞發現黃金的消息，開始出現大批華人移民美國的景象。此前，雖然華人為了生計已經開始移民到當時的南洋，即如今的東南亞一帶，但美國的「淘金熱」無疑為意欲遷徙他國的華人帶來了希望。同時，橫貫全美鐵路的修建與開通也使得美國必須雇傭更多的外來勞工，才能滿足和維持生產發展的需要。「金山黃金夢」的刺激與美國西部大開發對廉價勞動力的急需，以及當時中國大陸局勢的動盪不安與民不聊生等等，這些都成了促使當時華人移民他國的內外因素。早期前往美國的華人所從事的大都是採礦和修築鐵路這類重體力的勞動工作，因此也以男性居多，妻兒則留在家鄉。

眼見日益增多的華人離開本土遷入美國「淘金」，再加上經濟危機的來襲，為限制移民人數，1882年至1943年，美國國會頒布實施禁止華人移民入境的《排華法案》，排斥居於美國國內的華人，還重申華人移民不能歸化為美國公民，想把他們趕出美國；同時，將打算入境美國的華人拘禁在天使島進行嚴格盤查與審問，使得普通華人難以移居美國。另外，不但禁止華工的妻子入境美國，又禁止華工與白人女性通婚，也拒絕承認華人對土地的所有權，一系列孤立行為使得華人移民更難真正融入美國主流社會，也使得他們陷入僅有男性的畸形「單身漢」社會狀態。

隨著排華運動的高漲，暴力排斥華人事件層出不窮，早期從事採礦、建築與農業的華工不得不離開自己所從事的行業及工廠，離開城鎮與鄉村，逃到大城市的外國人聚集區域，尋求相對意義的抱團保護。以後這些區域則逐漸發展成為了唐人街（Chinatown，即白人所指的「中國城」），而他們涉及的行業也開始逐步轉向如餐飲、洗衣、零售及家政等服務行業。這些行業原本在美國主要多為女性所從事，因此從業於這些行業的華人男性常常會被白種人所鄙視，也使華人男性在美國人心目中留下缺少男性氣概的刻板印象。與此同時，缺少女性的非正常社會構成間接導致某些華人自甘墮落，深陷黃、賭、毒的泥沼不能自拔，無法過上像普通人一樣的正常生活。總之，美國對華人實施排華法案的六十年間，華人大都命運多舛、苦不堪言，這些都在以後華人作家所創作的文學作品中有所表現，而這樣的作品也可被看作是華人移民及其後代在美國生活經歷的真實寫照。

美國華人文學的開端與發展，與美國社會歷史的演變過程息息相關，相輔相成。每一歷史階段的重大事件，都可能成為影響華人及其後裔命運的轉折點。例如，第二次世界大戰以前，日本經濟突飛猛進，美國懾於日本的國力，就曾頒布法案允許在美日本移民的妻子入境美國；而同處亞洲鄰國的中國，頭上「東亞病夫」的帽子使得中國移民絲毫不能享受同樣的禮遇，不得不延續著淒涼孤獨的「單身漢社會」。這樣一個簡單的事件，卻給整個華人移民社會帶來不可忽視的影響。由於日本移民更早地以家庭為單位開始在美國的生活，二代、三代移民後裔在數量上和規模上都比華裔移民後裔可觀。因此，在同一時間段內，日裔作家明顯地比華裔作家創作出了更多的文學作品。如果忽略美國政治、經濟、社會的發展，僅僅單純對美國華人文學創作進行文學層面的分析，是不可能真正從根本上理解此類文學的。

美國社會對早期華人移民的種種排擠行徑，使他們更加難以融入當地人的生活，因此在精神層面上充滿了對故國家園的留戀與嚮往，並且與中國在個人及社會、經濟方方面面都保持著緊密的聯繫。這些最早期的華人移民大都希望在美國攢夠積蓄就衣錦還鄉，因此他們並不把美國作為自己人生的最終目的地，而僅僅把美國作為暫時積攢財富的過渡中轉站。不管從經濟能力抑或文化教育水平來看，上述早期移民美國的華工都不具備進行文學創作的條件，而現實生活狀態也使他們根本沒有投身寫作的情趣與餘力。

除了出賣勞力的這部分華工，還有另一些出身上層社會通過留學、經商等途徑來美的華人，他們的境遇則要好很多，也得到美國社會相對寬容的對待。沒有生活困苦與經濟拮据的壓力，加上受教育程度比較高，他們中的很多人在旅美過程中都曾用英文或中文創作過文學作品。而獨特的生活經驗也使他們與唐人街中的華人移民有所區別，同宗同源但成為在美的另一類群體。他們大都致力於弘揚中華傳統中的精華，並期冀能夠通過個人努力得到主流社會的認可。由於中國傳統封建思想中婦女的低下地位，使得此時通過留學經商途徑赴美的華人中鮮見女性，而主要以男性居多。

在對美國華人文學作家作品研究的過程中發現，很多學者都將關注的重點放在土生派華人後裔作家趙健秀、湯亭亭、譚恩美等人身上，這些作家在相關領域的創作建樹以及所取得的聲名美譽毋庸置疑，但還有一部分知名但並未得到過多關注的作家作品，同樣具有一定的探討價值。因此，筆者在此除了會對趙健秀、湯亭亭、譚恩美等人進行一定的介紹之外，還將對土生派華人後裔作家中的水仙花、黃玉雪，早期留學派作家中的李恩富、林語堂，中期留學派臺灣作家於梨華做進一步的引介。同時，由於將在本書第四章、第五章等後續研究中對將要進行對比分析的華人英文代表作家哈金、閔安琪、李翊雲以及華人華文代表作家查建英、嚴歌苓、艾米的作品做更詳細的解析，在此僅對他（她）們的作品和生平進行簡要的相關介紹。

華人在美國用英文寫作出版的第一本書是李恩富（Yan Phou Lee, 1861-1938）[10]所寫的《我的中國童年》（*When I was a Boy in China*），此書1887年在美國波士頓出版，應出版社之

---

[10] 尹曉煌著，徐穎果主譯，《美國華裔文學史（中譯本）》（天津：南開大學出版社，2006），頁52-53。

邀，由晚清在美國留學的「留美幼童」用英文完成；為了消除當時西方社會對華人的刻板印象，作者通過對自己親身生活經歷的描寫，介紹中國的各種風俗習慣、行為方式以及社會制度，對幫助西方人更好地認識了解中國起到了不容忽視的作用。

早期留學派移民作家中最有知名度的當屬林語堂（1895-1976），他精通中英雙語，1919年赴美國哈佛大學文學系留學，一生共創作英文作品三十餘部，曾被兩次提名為諾貝爾文學獎候選人。林語堂的代表作品《吾國與吾民》（*My Country and My People*）出版後在西方得到相當高的評價，書中有對中國人知足忍耐、幽默智慧的褒揚，也有對當時中國落後、愚昧與保守精神狀態的描寫，引發對中國人國民性的熱議。部分學者認為他刻意屈顏婢膝，賣弄東方情調，迎合西方人心目中的華人刻板形象。林語堂並不認同上述對他的批判，他雖然覺得自己的思維方式屬西式思維，自己卻仍然是心繫中國的。他在小品文與隨筆創作中幽默閒適的文筆風格早就得到公認，他用中文寫作的造詣自然不容爭辯，而他用英文創作及翻譯的一系列優秀作品無疑更是為中西不同國度之間架起了跨文化溝通的橋樑。他用英文所寫的小說《京華煙雲》（*Moment in Peking*）、《風聲鶴唳》（*A Leaf in the Storm*）、《朱門》（*The Vermillion Gate*）、《啼笑皆非》（*Between Tears and Laughter*）[11]等等向西方讀者展現了真實生

---

[11] 王兆勝，《林語堂——兩腳踏中西文化》（北京：文津出版社，2005），頁216-217。

動的中國社會百態，通過文學作品幫助西方社會更好地了解中國國情，為他們提供了寶貴的研究素材。

同時，林語堂也以自己的留美經歷為藍本，用英文創作過描寫當時華人在美生活的作品。但作為「留學派」代表人物的他，是否足夠客觀地描繪評價當時的華人社會，還有待進一步考究。《唐人街家庭》（*Chinatown Family*）發表於1948年，敘述生活在美國唐人街華人洗衣工一家的辛酸血淚。由於他自己雖然身處美國，卻不夠了解唐人街華人底層移民的生活狀況，所以沒能深刻反映出人物的真實處境，曾被夏志清批判為缺乏底層生活經驗，並不真正了解唐人街華人洗衣工及其家庭的真實生活狀況，甚至在作品中讓他們終日吟誦「四書五經」，每天勞累辛苦、疲於奔命的普羅大眾是根本不可能有那份悠閒雅致去細細品位中華文化之精髓的。顯然，他的《唐人街家庭》所展現給讀者的，與其說是「洗衣工人的生活和感情，倒不如可以看作是林語堂對他們高高在上的憐憫」[12]。

如前所述，臺灣留學生文學創作現象中，作為中期移居派華人作家中的代表人物，於梨華（1929-2020），曾經也嘗試用英文寫作，她的英文短篇小說《揚子江頭幾多愁》（*Sorrow at the End of the Yangtze River*）還曾獲得過「米高梅文學獎」。這樣的成就使她在用英文進行寫作的道路上信心大增、頗受鼓舞。然而，她接下來用英文所寫的有關華人移民

[12] 夏志清，〈恆常的日常〉，出自於仁秋《請客》（北京：人民文學出版社，2007），〈序言〉。

的三部長篇小說和數個短篇故事，都遭到了美國出版商無情的拒絕。於梨華曾說過：「他們（出版商）只對描寫東方異域風情的作品感興趣，比如小腳女人啦、華人賭棍啦、鴉片煙鬼等等。可我不想寫那類題材，我要創作華人在美國社會裡的生活和奮鬥歷程。」[13]顯而易見，於梨華的華人移民題材作品並沒有吸引白人出版商的過人之處，他們考慮的是書籍出版後能否在圖書市場上熱賣並獲取高額利潤。她在認清這樣的現實之後，轉而拋棄英文寫作，投向華文寫作。

如果說留學派作家的小說難以從深層把握華人移民的生存條件與生存質量，那麼二代、三代等土生派華人移民後裔自小在華人社會中的耳濡目染，使他們的文學作品平添了更多的可信度與有效性。水仙花（Sui Sin Far, 1865-1914）本名愛迪斯・莫德・伊頓（Edith Maude Eaton），父親是英國人，赴中國經商時遇見其華人母親，兩人共育有十四名子女。他們早年家境殷實，從英國移居加拿大以後家道中落，水仙花很早就輟學工作養家，以減輕父母的經濟壓力。由於良好的家庭教育傳統及文學方面過人的天賦，她與妹妹溫尼弗雷・伊頓（Winnifred Eaton, 1875-1954）最終都成為了當時知名的作家。她致力於刻畫真實的美國華裔形象，一直以來被譽為是北美第一位華裔女作家，並且得到美國社會與美國文壇的廣泛認可。

水仙花對「北美唐人街及其居民們繁雜的日常生活有

13 尹曉煌著，徐穎果主譯，《美國華裔文學史（中譯本）》（天津：南開大學出版社，2006），頁191。

深入的了解，從而能真實地展示一個被美國主流作家忽略並歪曲了的世界」[14]。她的很多作品都在美國重要報刊上刊登，後來被收入短篇小說集《春香夫人》（*Mrs. Spring Fragrance*），也有譯作《春郁太太》的版本。由於歐亞混血兒的身分，不免遭受來自美國社會的歧視與不公正對待，但她不僅沒有否認自己的華人血統，反而積極面對此一事實並加以認同，從不忌諱，甚至大膽使用具有東方特色的「水仙花」作為筆名，從東西方文化中汲取文化養分，並致力於將之介紹給西方讀者。她的勇氣與正義感在當時對華人充滿偏見的社會裡不可多得，就連上文提到的同父同母的妹妹都無法做到；妹妹選擇隱藏自己的出身而不惜冒充日裔，用來換取美國主流讀者的認可。她一生往返於美國與加拿大，用文筆抵抗排華壓力，一向對早期華裔作家持苛刻批評態度的趙健秀，也對水仙花做出過高度的評價，認為她的描寫並不附庸白人情感，「在華人的形象被模式化的情況下，她筆下的華裔人物並非喜劇中的小丑，而是具有真實感情的華人」[15]。

如果把水仙花看作美國首位華裔女作家，那麼黃玉雪則可被看作是第一位在美國文壇取得成功的華裔女作家。黃玉雪（Jade Snow Wong, 1922-2006）是舊金山第二代華裔移民，

[14] 尹曉煌著，徐穎果主譯，《美國華裔文學史（中譯本）》（天津：南開大學出版社，2006），頁89。

[15] 尹曉煌著，徐穎果主譯，《美國華裔文學史（中譯本）》（天津：南開大學出版社，2006），頁90。

家中排行第五，她的代表作品自傳體小說《華女阿五》（*The Fifth Chinese Daughter*）1950年出版後即登上美國暢銷書排行榜，當年還被「美國每月最佳書籍俱樂部」選中，1951年榮獲聯邦讀書協會的非小說類優秀獎，此後不僅多次再版，還被譯成多國語言，銷量接近五十萬冊。這部小說描寫了在家庭內部中國傳統教育方式與家庭外部西方教育方式的碰撞摩擦下，主人公玉雪同時兼備美國女性與華人移民後代雙重身分，如何在美國奮鬥成長並最終獲得成功。主流話語愈是霸權，少數族裔愈是有利，因為他們愈有機會展示本族裔的特有的生活方式和傳統文化[16]。她的作品能如此迅速地獲得美國主流社會的認同，一個重要原因是與當時美國政府推廣宣傳的意識形態及價值觀相一致。二戰結束後，有關美國種族歧視的流言在發展中國家到處傳播，人們紛紛對這一超級大國的不當做法提出質疑。黃玉雪的小說順應時代、適時而出，出版後就由美國國務院出資邀請至四十五個亞洲城市進行為期四個月的巡迴演說，以宣揚少數族裔只要肯努力奮鬥就能在美國社會站穩腳跟。

此後，華人家庭數量逐漸增多，二代、三代華人後裔陸續出生，他們生在美國，長在美國，接受美式教育，自認為與土生土長的美國公民們並無二致，但這些事實並沒有改變美國社會中種族主義傾向對華裔的排斥與歧視。華人後裔不被美國社會接受與認同，而他們與自己的父輩之間，也存

[16] 張龍海，《透視美國華裔文學》（天津：南開大學出版社，2012），頁42。

在諸多世界觀與價值觀方面的差異，這些種種都使他們在身分認同方面陷入了進退兩難的境地。趙健秀（Frank Chin, 1940-）與湯亭亭（Maxine Hong Kingston, 1940-）無疑是1960、1970年代美國土生派華人後裔作家文壇最受矚目的兩個重要人物。

趙健秀1940年出生於美國加利福尼亞，是第五代華人後裔。他成名略早於湯亭亭，劇作《雞籠中國佬》（*The Chickencoop Chinaman*）於1971年榮獲「東西方劇作家劇本獎」，成為第一部由美國亞裔創作並最終登上紐約舞臺的劇目。其另一部劇作《龍年》（*The Year of the Dragon*），除了在美國知名劇院上演之外，後來還被美國的一家電視臺拍攝成系列劇集。1988年，創作了故事集《鐵路上的唐人勞工》（*The Chinaman Pacific & Frisco R. Co*），並在2000年獲得過「美國圖書獎」裡的終身成就獎。趙健秀與其他學者曾合著文學選集《唉咿》與《大唉咿》。在《唉咿》中，他把華裔作家分為兩類——歸化（美國化）華人作家和美國華裔作家，其評判標準為作家本人是否「產生美國華裔感性」（birth of Chinese American sensibility），而非作家本人的出生地。此後在《大唉咿》中，他進一步指出，第一代在美國出生，使用英文進行創作的華裔作家接受白人有關華人的刻板印象（stereotype），皈依基督教，以自傳等迎合白人口味，是假（fake）華裔作家，如黃玉雪、湯亭亭、譚恩美等；而真正的（real）華裔作家都致力於打破白人的刻板印象，如水仙花、張粲芳等，因為她們立足於中國古典文學，建立起美國華裔文學的英雄傳統[17]。

同為1940年出生在美國加利福尼亞的湯亭亭，1962年畢業於伯克利加州大學英國文學系，1992年被選為美國人文和自然科學院士，2008年獲得美國國家圖書獎的傑出文學貢獻獎。她1976年發表了處女作《女勇士》（*The Woman Worrier: Memoirs of a Girlhood among Ghosts*）並一舉成名，該書榮獲1976年美國全國書評界非小說獎以及美國《現代》週刊1970年代最佳作品獎。1980年第二部小說《中國佬》（*China Men*）獲得過普立茲獎提名，以及美國國家評論獎與美國國家圖書獎小說獎。第三部作品《孫行者》（*Tripmaster Monkey*）獲西部國際筆會獎[18]。海灣戰爭爆發使湯亭亭萌生撰寫關於世界和平主題題材的願望，但1993年家中大火摧毀了《第四和平之書》（*The Fourth Book of Peace*）手稿，她物質和精神上同時遭受沉重打擊，一度無法重新投身寫作。2004年終於不負眾望出版發行《第五和平之書》（*The Fifth Book of Peace*）。2006年，湯亭亭又出版了《戰爭老兵，和平老兵》（*Veteran of War, Veteran of Peace*）。縱觀湯亭亭的文學創作生涯，雖算不上多產作家，但幾部具有影響力的作品決定了她在美國華裔文學史上的地位，使她名副其實地成為20世紀後期最有知名度的華裔作家之一。她的作品主題也從女性主義到種族平等，再從追尋族裔認同到追求世界和平，體現了湯亭亭文學構思由小及大、由局部到全域這樣一個逐步完善發展的過程。

---

[17] 張龍海，《透視美國華裔文學》（天津：南開大學出版社，2012），頁4-5。

[18] 程愛民，《美國華裔文學研究》（北京：北京大學出版社，2003），頁208。

趙健秀和湯亭亭之間的論爭曾一度被形象地比喻為「關公大戰花木蘭」，趙健秀對賣弄東方文化與亞裔男性「陰陽怪氣」尤其不能容忍。他除了反抗美國白人主流文化之外，也反抗那些奉行屈從於美國主流價值觀的人物，特別是以湯亭亭為首的部分土生派美國華人作家。趙健秀認為，奉行「白人至上」種族歧視的美國社會風氣，已然無法擺脫外界對華人懦弱、保守、被動與女性化的刻板印象。以湯亭亭為代表的某些土生派美國華人作家並沒有大膽站出制止，改變這種狀況，反而助紂為虐，使其雪上加霜，甚至以迎合白人為榮。趙健秀在《大唉咿．序言》中這樣寫道：「身材矮小的中國人，『原罪的受害者，出生自一種殘忍、欺詐、粗野、受虐的文化』，逃到美國來尋找自由，並且尋求白人的認同，但卻遭到了愚蠢的種族歧視者的迫害，之後，通過文化適應，獲得了重生，脫胎換骨獲取了可敬的白人的思維方式。」[19]在美國由大出版商所出版的每一本有關美籍華人的書，無不充斥了戴著有色眼鏡的美國白人主流社會對華人群體的凝視與觀察。而這些書籍所反映的主題與思想，又有多少真實性可言，則不得而知了。

儘管趙健秀並不認同，但湯亭亭在《中國佬》中卻希望通過對家族四代男子在美國忍辱負重、奮鬥不息的故事，敘述華人移民的普遍經歷，作品以真實史料揭露了華人在美國社會所遭受的不公正待遇。也許湯亭亭本意是想重塑華人男

19 徐穎果，《離散族裔文學批評讀本——理論研究與文本分析》（天津：南開大學出版社，2012），頁302。

子的不良形象，而在對其充滿成見的趙健秀眼裡卻讀出了對華男形象的醜化與貶低。此後，二人在學術上的分歧與不和愈演愈烈，湯亭亭在作品《孫行者》中打造了1960年代生長於美國的華人男主人公阿辛（Wittman Ah Sing），以諷刺趙健秀，趙健秀則在《甘加丁公路》中創造了潘多拉（Pandora Toy）形象，以影射湯亭亭。雖然趙指責湯利用摻雜水分的偽東方文化，去吸引西方白人讀者的關注，然而他本人的許多關於中國傳統文化的見解也是華而不實、站不住腳的。兩人在圍繞中華故事是否「正宗」的問題上互不相讓，但他們所追尋的內涵準則實際是一致的，即如何在美國實現自己作為美國人的身分認同。與其不遺餘力辨別二人之爭孰是孰非，倒不如肯定這種論爭對美國華裔文學發展的推動作用，促進美國華裔文學研究者們積極參與學術討論，從而尋找闡釋美國華裔文學研究的更廣泛空間。

在對美國早期華人移民史與排華史進行考察與研究的過程中不難發現，為了保證本國利益不受侵害，美國政府先是頒布了一系列法律條例以制度化的方式對作為少數族裔的華裔進行限制，後又以更隱蔽多樣的手法採取文化殖民的方式對華裔進行間接排斥。這就使得華人後裔在政治、經濟、種族、階級、文化等各方面都只能從屬於美國主流社會，在身分認同方面不得不被安置於邊緣與他者的地位，這在很多由美國華人所創作的文學作品中都有所體現。特別是女性華人作家們，除了前面提到的各種不公正待遇，由於她們還在性別壓制下感受到更多的獨特體驗，使讀者們在她們的小說中更能體會到邊緣他者屬性的深刻含義。

譚恩美的代表作《喜福會》（*The Joy Luck Club*）出版於1989年，此前名不見經傳的她憑著這部英文小說一舉成名，成為當代美國華裔女性作家中的新起之秀。後來她又陸續發表了《灶神之妻》（*The Kitchen God's Wife*, 1991）、《百種祕密感官》（*The Hundred Secret Senses*, 1995）、《正骨師的女兒》（*The Bonesetter's Daughter*, 2001）、《拯救溺水魚》（*Saving Fish from Drowning*, 2005）等長篇小說。《喜福會》曾再版過二十七次，並蟬聯當年《紐約時報》暢銷書排行榜長達九個月，共銷出二十七萬五千餘本精裝本，被譽為當時出版界的神話；同時，該書還先後獲得過「國家圖書獎」、「1990年海灣區書評最佳小說獎」等多個獎項。尤其是在1994年被拍成同名電影後，更成為整個美國乃至西方家喻戶曉的小說作品。《喜福會》通過對1949年前移民美國的四位母親和她們成長於美國的四位女兒性格的形象刻畫，展現出不同時代人物的情感代溝以及中西文化差異而引起的心理隔閡。華裔女兒們在年少時不惜採取「自我邊緣化」的極端行為試圖消除自己與中國母體文化之間的聯繫，成年後在中美兩種文化之間偏離了自我身分，但她們在為人處世、徘徊取捨及文化尋根的過程中，逐漸認同了自己母親所代表的中國傳統與文化，終於又重新構築起真正適合自己需要的「想像的共同體」，完成了文化身分的意識重建[20]。

---

[20] 呂曉琳，〈構築想像中的共同體——論《喜福會》中的文化身分認同〉，《現代語文》2010年11月上旬刊（曲阜：現代語文雜誌社，2010），頁158。

近期移居派代表作家哈金（1956-），美籍華人，本姓金，名雪飛，生於中國遼寧省。由於他的中文名字美國人讀起來比較拗口，而他又鍾愛讀大學時所在的城市哈爾濱，因此取名哈金，英文筆名Ha Jin。哈金1985年赴美留學，原打算學成歸國，卻因1989年發生的天安門事件，改變了自己的初衷和人生軌跡，此後他決定留在美國並開始使用英文進行文學創作。他1990年出版了第一本詩集《沉默之間》（*Between Silences*），並於兩年後獲得博士學位。雖然哈金赴美後再也沒有返回過故土中國，但他的小說創作主要取材於中國，小說創作背景也大都設定在中國；近些年他開始嘗試以在美生活的華人移民為原型進行寫作。哈金的大部分中文譯作均出版於臺灣，其中幾部譯作內容貼近中國大陸意識形態遂得以在中國大陸出版發行，包括《等待》（*Waiting*）、《落地》（*A Good Fall*）、《池塘》（*In the Pond*）、《新郎》（*The Bridegroom*）、《小鎮奇人異事》（*Under the Red Flag*）與《南京安魂曲》（*Nanjing Requiem*）。其他作品均因或多或少涉及政治敏感禁忌題材，而無法出版與大陸讀者見面。

表1-2　哈金作品列表

英文作品名	中文譯作名
Between Silences（1990）	沉默之間
Facing Shadows（1996）	面對陰影
Ways of Talking（1996）	
Ocean of Words（1996）	好兵（2003）
Under the Red Flag（1997）	光天化日：鄉村的故事（2001） 小鎮奇人異事（2013）

英文作品名	中文譯作名
In the Pond（1998）	池塘（2002）
Waiting（1999）	等待（2000）
The Bridegroom（2000）	新郎（2001）
Wreckage（2001）	殘骸
The Crazed（2002）	瘋狂（2004）
War Trash（2004）	戰廢品（2005）
A Free Life（2007）	自由生活（2008）
The Writer as Migrant（2008）	在他鄉寫作（2010）
A Good Fall（2009）	落地（2010）
Nanjing Requiem（2011）	南京安魂曲（2011）
A Map of Betrayal（2014）	背叛指南（2014）
The Boat Rocker（2016）	折騰到底（2017）

（資料來源：作者整理）

1999年，哈金憑藉小說《等待》榮獲了美國國家圖書獎，以及福克納小說獎。短篇小說集《光天化日》於1997年獲得短篇小說富蘭納瑞．歐克納獎，《好兵》獲得1996年海明威獎。2004年描寫關於韓國戰爭中戰俘的長篇小說《戰廢品》再度贏得筆會／福克納獎，並獲得普立茲獎提名[21]。作為在美國獲得國家圖書獎的首位華人，他在美國文壇所取得的成就有目共睹，更於2014年榮獲美國藝術文學院院士稱號。這樣一位高效多產並在美國頻頻獲獎的作家，海內外對他的評價卻褒貶不一。與以往如湯亭亭、譚恩美等華人英文作家創作風格截然不同的是，他放棄以自傳或傳統中國文化為噱頭，而選擇弱化作品中的「中國性」，促使讀者們將更

[21] 劉葵蘭，《變換的邊界——亞裔美國作家和批評家訪談錄》（天津：南開大學出版社，2012），頁28。

多的關注投入到作品本身。

閔安琪[22]（Anchee Min, 1957-），二十七歲才首次赴美，迫於生計壓力，努力學習英文，幾年之後以一部短篇小說獲獎。此後花費八年時間於1994年完成出版了成名作《紅杜鵑》（*Red Azalea*），這本文革題材自傳體小說一經出版即成為當年《紐約時報》評選的暢銷書，並先後在四十幾個國家翻譯出版發行。閔安琪又相繼出版了《凱瑟琳》（*Katherine*）、《成為毛夫人》（*Becoming Madam Mao*）、《狂熱者》（*Wild Ginger*）、《煮熟的種子》（*The Cooked Seed*）以及描寫慈禧太后的《蘭貴人》（*Empress Orchid*）與《末代太后》（*The Last Empress*）。她的新作《中國珍珠》（*Pearl of China*）以美國女作家賽珍珠為原型，通過對賽珍珠四十年在中國的生活描寫向美國讀者展現了20世紀初中國的風貌。在中國經歷過文革風波，從到美國基本不會說英文，至今成為成功的英文暢銷書作家，她的傳奇人生不得不讓人敬佩。而她作品中的主人公除了自傳體小說中自己的形象以外，大都是慈禧、江青、賽珍珠這樣並非等閒之輩的中國傳奇女性形象，很少有對生活中普通人物的平淡敘述與描寫。閔安琪的作品雖然在世界各地引起巨大轟動，但在中國大陸曾遭到一些作家的批評，指責她講述的故事是西方式的，具有東方主義傾向，而一些涉及文革內容的描述，也被評價為

---

22 趙寧，〈閔安琪性別再現中領受與反撥的書寫——以《紅杜鵑》為例〉，《洛陽師範學院學報》第32卷第9期（洛陽：洛陽師範學院學報編輯部，2013），頁51。

虛假且不符合歷史真實。

李翊雲（Yiyun Li, 1972-），現居美國，是一位用英文進行創作的華人女作家。她本來並不從事文學創作，赴美獲得生命科學免疫學方向碩士學位以後，才加入專門培養寫作人才的文學愛好培訓班，開始寫作訓練並發表英文短篇小說。2005年結集出版了《千年敬祈》（*A Thousand Years of Good Prayers*），該小說集分別獲得了2005年弗蘭克・奧康納國際短篇小說獎、2006年美國筆會海明威獎和2006年英國衛報新人獎等多個獎項。書中收錄了《多餘》（*Extra*）、《不朽》（*Immortality*）等作品，大都是對經濟轉型時期中國大陸市井小人物的描寫。此後相繼於2009年和2010年出版了長篇小說《漂泊者》（*The Vagrants*）和短篇小說集《金童玉女》（*Gold Boy, Emerald Girl*）[23]。作為近年湧現於美國華人英文文壇的後起之秀，李翊雲自己也認同中國背景是她永遠也脫不掉的印記，但對於是否以及何時將自己的作品翻譯成中文介紹給中文讀者這個問題，她卻一直諱莫如深、持觀望態度，認為時機並未成熟。

查建英[24]，女，1960年生於北京。1978年考入北京大學中文系。除在1984年獲得英語碩士學位之外，又於1986年獲得比較文學碩士學位。由於屬較早赴美留學者陣營，早期就

---

[23] 李冰，〈李翊雲小說中異化與歸化的語言策略〉，《江蘇第二師範學院學報（社會科學）》第31卷第10期，（南京：江蘇第二師範學院學報編輯部，2015），頁81。

[24] 饒芃子、楊匡漢，《海外華文文學教程》（廣州：暨南大學出版社，2009），頁129。

因創作多部描寫美國留學生活的作品而廣為人知。受天安門事件影響，她決然放下中文小說寫作，開始用英文進行採訪與寫作。進入1990年代，查建英將相當多的精力投入到在香港與美國的發展，2003年獲美國某寫作基金資助重新回到中國開展創作與研討。曾經出版雜文集《說東道西》、小說集《叢林下的冰河》等。她近期創作的文化評論集《八十年代》訪談錄，一度在世界各地引發強烈反響。她的作品富有生命力與爆發力，早期大都描寫赴美留學心路歷程與豐富的內心情感體驗，給讀者留下深刻印象。

嚴歌苓，1958年生於上海，出身書香世家。著名翻譯家嚴恩春為其祖父，作家蕭馬是她的父親。她幼時參軍，加入軍區文工團學習舞蹈以及寫作。二十歲時，曾作為戰地記者去前線採訪1979年的中越戰爭。她的寫作生涯開始於1980年，此後加入中國作協，並於1989年赴美留學。主要作品有長篇小說《扶桑》、《一個女兵的悄悄話》、《一個女人的史詩》、《花兒與少年》、《第九個寡婦》、《小姨多鶴》、《床畔》等，中篇小說《女房東》、《人寰》，電影劇本《扶桑》、《天浴》、《少女小漁》，英文小說《赴宴者》（*The Banquet Bug*）。其作品被翻譯成多種語言多國文字，並榮獲各種重要文學獎項[25]。近年來，也活躍於影視劇作品的創作與改編舞臺，擔任電影《梅蘭芳》、《金陵十三釵》、《歸來》（由長篇小說《陸犯焉識》改編）、《芳

[25] 倪立秋，《新移民小說研究》（上海：上海交通大學出版社，2009），頁71-72。

華》等多部影視劇的編劇。作為華人作家中極具影響力的代表人物，她的小說以柔中帶剛、剛柔並濟的表現手法，語言風格風趣但又無違和感，敘事風格常集樂觀與悲觀主義於一身，具有極強的藝術感染力與表現力，在中國文壇乃至世界文壇都得到了各界學者的關注。

艾米[26]，美國華人女作家，文學生涯起始於通過互聯網每天更新自己的長篇小說，將傳統文學形式上升到網路文學的新高度。她著有《致命的溫柔》（與人合著）、《十年忽悠》、《竹馬青梅》、《不懂說將來》、《三人行》、《至死不渝》、《憨包子與小丫頭》、《同林鳥》、《欲》、《夢裡飄向你》、《認識你，是命運對我的恩賜》、《一路逆風》、《等你愛我》、《其實我是愛你的》等十幾部作品，真正讓她在華人文壇嶄露頭角的則是小說《山楂樹之戀》，曾被導演張藝謀拍攝成同名電影，獲得廣泛好評。十幾部暢銷小說的出版，使艾米在華人文壇開始逐漸展現自己的魅力，成為美國華人華文女性作家之中的後起之秀。她所創作的小說歷來以歌頌男女之間純真誠摯的愛情為主，近年來持續進入各類暢銷書排行榜，尤其在今時今日物質文明氾濫的年代更能得到讀者的關注。

鑑於研究的具體性與針對性原則，本書將主要對近期移居派美國華人作家所創作的英文作品與同時代的華人華文作品進行分析，選取華人英文作家哈金、閔安琪、李翊雲與華

26 呂銀平，〈評艾米的《山楂樹之戀》〉，《湖北函授大學學報》第24卷第5期（武漢：湖北函授大學學報編輯部，2011），頁117。

人華文作家查建英、嚴歌苓、艾米為主要研究對象。作為離開出發地移居美國的第一代移民，他們與之前的土生派華人後裔作家、早期中期移居派華人作家們相比，不管在語言敘述、情感表達、思考方式等方面都存在明顯的區別。同時他們也不具備傳統的離散特徵，早期移居者一旦離開自己的出發地，就很難再重新回去，不得不飽受思鄉別離的煎熬。而近期的跨國移居者們，除了少數由於政治敏感原因無法重歸故里以外，大都可以自由往返於出發地、經由地與移居地之間，活用各方資源，竭盡所能使自己的利益最大化，體現出一種新型的、隨時可變的跨國移動式動態身分認同特徵。

第三節　研究方法及篇章結構

本書從後殖民主義文化身分的視角分析解讀華人華文代表作家查建英、嚴歌苓、艾米和華人英文代表作家哈金、閔安琪、李翊雲的作品，將運用後殖民理論中頗具代表性的愛德華・W・薩伊德（Edward W. Said, 1935-）[27]、佳亞特里・斯皮瓦克（Gayatri C. Spivak，1942-）、霍米・巴巴（Homi Bhabha, 1949-）以及羅伯特・揚（Robert J. C. Young, 1950-）的各種學術見解，包括東方主義、女性主義後殖民批評、混雜性理論以及第三空間理論等等，討論美國華人華文小說和華人英文小說文本中所體現出的種種少數族裔話語、女

[27] 編按：中國大陸翻譯為「薩義德」。

性主義話語、創傷敘事話語以及東方主義話語。本書並沒有以華裔美國文學中知名的湯亭亭、譚恩美、任璧蓮等土生派華人後裔作家為研究對象，也沒有選擇早先臺灣留學生文學派中耳熟能詳的於梨華、白先勇、聶華苓等作家，而有意對中國大陸1980、1990年代赴美並開始文學創作的這類近期移居派作家及作品進行解讀。一方面，是因為學者們對前面兩類作家群體已經有了足夠的關注，大量期刊論文、碩博士論文以及學術專著層出不窮，對其繼續做更多的探究有可能錦上添花，但致力於一些鮮有提及的作家作品也未嘗不是一件更有意義的事；另一方面，用中英文創作的近期移居派作家作品，既與以往早期中期移居派所創作的作品不同，又明顯區別於土生派華人後裔作家所創作的作品，而是展現出一種新型的跨國移居者特徵，對其的研究更能夠迸發出學術領域的無限火花。本著與時俱進、承前啟後的原則，本書有意選取進行探討的美國華人華文作家查建英、嚴歌苓、艾米以及華人英文作家哈金、閔安琪、李翊雲，他們赴美時間大致相同，都是十年動亂結束、中美恢復外交關係、改革開放大潮之後通過出國留學方式抵達美國並出於各種主客觀原因自我放逐而選擇留美定居的。他們的個人跨國移居心路歷程既具有共同點，又有不盡相同的個體差異，並且在很大程度上與筆者的移居經歷與思考方式一致，以兩類代表作家的作品為主要研究對象，對他們具有典型意義的小說進行分析；另外，通過將華人華文小說作品與華人英文小說作品相對照，指出在後殖民語境下這兩類作品中所存在的差異，為以後的後續研究做鋪墊。

全書總共分為五章。第一章主要探討美國華人小說創作概況與研究意義，筆者首先介紹了關於美國華人文學概念的發展歷程以及學界對其的一些爭論，一些概念上含混不清的部分也在此部分得以重點闡明。同時，綜合概括美國華人文學創作活動，並且重點介紹美國華人華文小說和美國華人英文小說中的代表作家，總體把握美國華人小說創作領域的實踐情況。其次，說明選題目的及學術意圖，如同美國華人小說創作一般，本書也處於學科的夾縫邊緣位置，剖析此命題所具有的研究價值與意義，宏觀地闡述全書的研究方法與理論框架，是該章的主要任務。華人華文小說與華人英文小說作品之間既有相似之處，又存在很多明顯的本質區別。通過分析研究得出結論，為美國華人小說在後殖民語境中是否有闡釋的空間與可能性做出鋪墊。

第二章探討華人文學理論研究方面的變遷以及對其研究方向的未來展望，美國華人文學研究本身源自美國、新加坡、馬來西亞，從海外華文文學、離散文學、新移民文學、華語語系文學、華人華文文學等一系列文學類別，一步步發展至今。從華文文學到底應該從語種視角考察還是應該從文化視角進行考察談起，指出華人文學無法將非華人所寫文學包括其中，而華文文學則無法將華人所寫的非華文文學包括其中。因此，對此類文學的正確理解觀應該是「華人文學 and 華文文學」，而非二者擇其一的「華人文學 or 華文文學」，只有這樣，才能在更為廣闊的全球化文化視野空間下看待此類文學類別的未來。中國大陸學界主張世界華人文學，而事實上認為中國文學應該包括中國大陸文學、臺灣文學、香港文學、澳門文學和華人華文文學（世界各地的華人用華文創作的文學），而華語語系研究者們則與之有著完全不同的觀點，他們意圖重新劃分中文文學（或是漢語文學、華文文學）的版圖與邊界，對關於中國問題的話語主導權，與大陸學界展開競爭[28]。無論是中國大陸學界的世界華文文學研究觀點還是華語語系研究的觀點，都無法改變華人文學研究面臨瓶頸狀態的現實。筆者將其歸結為作家作品研究樣本的不豐富、缺乏系統性有規模的研究團隊，以及研究理論和方法的匱乏等這幾大基本原因，更提出在全球化視野範圍內進一步拓寬學術空間的可能性，即從比較文學、華人學、跨文化、跨語際的角度探討美國華人文學在具體實踐中究竟還有哪些變化發展的以及能動的空間與可能。同時，根據金惠俊提出的華人華文文學理論，通過居住地與出發地文化的混雜相處，吸取居住地文化養分，反思出發地文化背景，在追求另一種新文化的過程中實現文化回歸、昇華與再創造，重塑新型跨國移居者動態的移動式身分認同。

第三章則結合更多的小說文本作品，重點論述美國華

[28] 金惠俊（김혜준），〈華語語系文學，世界華文文學，華人華文文學——中國大陸學界對華語語系文學（Sinophone Literature）主張的肯定與批判〉〔시노폰문학, 세계화문문학, 화인화문문학–시노폰문학（Sinophone Literature）주장에 대한 중국 대륙 학계의 긍정과 비판〕，《中國語文論叢》（중국어문논총）2017年第80期〔首爾（서울）：中國語言研究會（중국어문연구회）〕，頁330。

人華文小說作品與華人英文小說作品中所體現出的他者性。「他者」作為一種必要否定與差異系統，身處異鄉、語言不通、少數族裔、性別差異、社會階層不公等等，都在美國華人文學作品中顯現出迥異於「本土」之外的異質特徵。而對「他者」的進一步解析，也更能揭示美國華人文學作為一種特殊文學形態存在的現實，當近期移居派作家們帶著豐富的中國大陸文化印記移居至美國，此時的美國對他們來說無疑是一種「他者」的存在；他們身處美國卻仍然運用華文以及華文思維進行文學創作與思考，相對於美國的主流文學，自然而然也是一種「他者」的存在。而當他們又換位站在美國的立場上、通過美國視角重新審視與反思自己的出發地時，中國也變成了某種意義上的「他者」；那些使用獲得語進行創作的作家們，他們的作品不管對於傳統中國讀者群來說，還是相對於美國讀者群來說，都具有不可否認的「他者」特徵。通過闡釋他者性與少數族裔話語、女性主義話語、創傷敘事話語、東方主義話語之間的關係，以及對這些不同話語成分在後殖民語境下的解讀，更透徹地指出，不管近期移居派華人作家承認與否，後殖民理論不僅適用於分析第三世界文學文本中各種話語的分析，同樣適用於美國華人小說的文學批評。

第四章主要解讀美國華人小說作品中的文化身分認同問題。身分認同一直是華人文學中最令人關切也最令人困惑的課題。不管是土生派華人後裔作家，早期、中期移居派華人作家，抑或近期移居派中的華人華文作家和華人英文作家，都無法迴避來自身分認同與身分建構的考量。華人華文作家徘徊於居住國主流社會與文化之外，作品語言上的特殊性使其很難引起移居國公眾與媒體的關注，在創作生涯上始終難以擺脫邊緣化的位置。他們只有不斷嘗試認識自己獨特的文化身分，尋求自己新的社會定位，才能重新發現新的人生價值與生命意義。華人英文作家相對不存在語言交流方面的障礙，但他們的身分認同困惑，要比華人華文作家強烈得多。加入外國國籍，成為移居國的公民，但內在文化屬性散發出的實質內容才決定他們真正的文化身分。即使在移居國已經實至名歸，漂泊無根的狀態使他們與美國主流社會之間不得不保持有一定的距離。再者，華人英文作家的創作主題大都涉及出發地政治大環境所不接受的部分，使他們在出發地文化中也變成了疏離的他者。

中國故事與美國思維方式的組合使得華人英文作家不得不面對雙重他者身分的尷尬，既與中國傳統意識形態漸行漸遠，又與美國主流文化間有著難以逾越的鴻溝，若要在異質文化語境中完成新的文化建構，在主流文化占主導地位的情況下改變「失語」的現狀，則必須主動去了解發現文化身分認同的不同過程並且不斷探索新的發展空間。書中提出經歷混雜、排斥、中和、延續這四種方式，處於身分困境的華人移民不斷挑戰與顛覆西方霸權話語，能相對更好地發出自己的聲音，逐漸在主流社會得到認可與接納，並且通過反思自己的文化背景，改變對自己出發地的看法，實現靈魂與精神層面的自我放逐，更冷靜地看待人生，進行在地書寫，最終構築真正適合自己的「想像中的共同體」，完成文化身分認同的自我建構。

最後一章為結論部分，對全書涉及的理論問題做出總結，探討美國華人小說創作與研究的啟示，有些華人華文作家著述豐富，在中國大陸、港澳臺及世界華語圈地區享有聲譽，卻由於語言條件的限制或意識形態方面的特殊性，難以得到英語圈讀者與學界的關注；有些華人英文作家在國際文壇頻頻獲獎，在華語圈地區卻無人問津，英語圈評論界除了突出強調其作品中東方化的異域特徵以外，鮮有對作品語言以及作品本身的論述與評價。在今後的研究中，學者與譯者們應該進一步發揮促進與融合的作用，譯介更多華人華文與華人英文作家作品，提供更多可交流與探討的樣本素材。同時，結論部分還闡釋了在全球化語境下相關研究對比較文學與世界文學今後的發展所貢獻的理論空間與現實價值。華人華文與華人英文小說作品，從構思到創作都經歷過東西方兩種不同文化的衝擊與融合。作家們無法兼顧包容兩種文化的全部精髓，只能在故國文化與異域文化的縫隙間生根發芽、竭力生存，試圖在第三空間建構起多元文化中想像的共同體，完成獨特文化身分認同的自我建構，也就是21世紀跨國移居者獨有的移動式動態身分認同。這種新型移動式動態身分認同，可以充分利用調動各方利己資源，而非一成不變地固定在出發地、經由地與移居地之中的某一特定之處，有利於發現少數族裔話語的獨特地位與價值，也為比較文學與世界文學開闢出新的文學與文化對話方向。

第二章　華人文學研究變遷與發展前景

一個新用語、新理論的產生發展從來都不是一蹴而就的，華人文學研究本身源自中國大陸之外，在從華文文學、離散文學、新移民文學等一系列文學類別歸屬走來之際，迎來了自身全新的挑戰——華語語系文學。二者最本質的區別在於，大陸學者普遍認同，華人從走向世界到在地化落地生根、開花結果，這一過程不但擴展了所謂「大中華」的氣勢，也把中國文學弘揚到中國大陸之外；而以世界華人文學為根基的學者卻有著完全不同的觀點：莫將「大一統」的觀念強加於我們之上，華人文學有自己獨特的特徵與性格。試圖壓制控制凌駕於我們之上，妄圖把我們也納入中國文學的版圖，這是無論如何不能令人信服也無法讓人接受的。在談到華文文學的蓬勃發展、纍纍碩果時，中國大陸學者每每提到：「海外華語文學寫作已經成為中國文學不可或缺的重要部分。」「海外華文文學創作是繁榮中國當代文學創作的一支不可或缺的力量，海外華文作家是中國當代文壇一支不可小視的隊伍。」[1]這樣堂而皇之將華文文學直接描述成中國文學的延伸與擴展，又怎能不讓華文學者面露懼色、憂心忡忡。

---

[1] 陳公仲，《離散與文學：陳公仲選集》（廣州：花城出版社，2012），頁80。

第一節　華人華文文學與華人英文文學[2]

華文文學，是指中國大陸以外其他國家和地區使用漢語寫作的文學，亦即通常所指的「臺港澳及海外華文文學」。眾所周知，華文文學相對於中國現當代文學仍為一門新興學科，學界普遍認同以1980年蕭乾所做關於臺灣文學發展狀況的講話為開端，其發展之初是由對臺港澳文學的關切興起的。從對臺港澳文學的關心到逐漸意識到臺港澳文學與華文文學的不同之處，華文文學這一新領域作為與世界多種文化交融融合產生的特殊空間，使研究者們逐漸意識到其具有與中國大陸文學不同的獨特學科價值。然而，對華文文學的研究不能採取「一鍋端」的方式，因為每個國家、每個地區乃至每個作家的具體生活背景各有不同，運用文學史編纂的方式（發端期、發展期、高潮期）試圖在世界各地華文文學之間找到某種共性，幾乎是比較困難的。因此，從華文文學形成興起的歷史進程來看，在學科建設和學術理念何以得到進一步發展的問題上，還存在一系列的問題，怎樣才能使華文文學研究走出低谷及兩難的境地，成為了當時華文文學界關心的主要論題。

刊登於2002年2月26日《文藝報》，由吳奕錡、彭志恆、趙順宏和劉俊鋒這幾位學者聯合撰寫的一篇文章〈華文文學

[2] 本節部分內容曾由筆者宣讀於2012年加拿大溫哥華卑詩大學主辦的第五屆海外華人研究與文獻收藏機構國際會議——《華人的美洲移民路》。

是一種獨立自足的存在——我們對華文文學研究的一點思考〉（以下簡稱作〈存在〉），引發了對華文文學學科定位的爭論、探討與反思。作為華文文學界發展二十幾年後的第一次論爭，這篇文章的發表具有相當大的開創性意義，今後若要對華文文學理論進行研究，一定不能忽視這次論證及其對之後華文文學發展所帶來的推動效應。四位學者的文章〈存在〉真可謂「一時激起千層浪」，雖有讚賞之言，但更多的聲討之聲也隨而四起。他們的出發點是好的，文章也充滿了問題意識與創新精神，他們的初衷也是為了尋求相關學界對華文文學學科建設的重視與再審度，從而推動華文文學更有活力地向前發展。他們認為，雖然二十幾年來華文文學從星星之火到逐步取得了一系列可喜的發展與進步，但這種發展只是一種數量上的積累，而非質量上的提高與飛躍，華文文學研究在基礎性觀念方面存在著嚴重的偏差[3]，這也是華文文學陷入進退兩難境地的主要原因。他們質疑的聲音是值得讚揚的，但全盤否定華文文學二十幾年發展過程中的點點滴滴，不留餘地地提出完全絕對的論點，有創造性卻缺乏包容性，則是學界不能接受並引發爭議的最主要原因之一。

首先，四位學者認為當今的華文文學研究有相當多的民族主義文化因素在其中，處處滲透著族群主義意識。這些民族主義成分，是一個被幻想出來的廣大無邊的漢語言世

[3] 莊園，《文化的華文文學——華文文學研究方法論爭鳴集》（汕頭：汕頭大學出版社，2006），頁9。

界，也是一種唾手可得的民族主義輝煌[4]。所有的研究都在華文文學的漢語言特徵下進行，只要是用中文所寫的文章，無論來自於世界何處，無論其作者所處文化背景如何不同，都被視為華文文學的研究對象。所有的成果都被歸為偉大中華文化延伸而來的產物，這種大包大攬的包容精神從客觀角度來看是說不過去的，華文文學的本質屬性難以得到彰顯。華文文學作品中的特定敘述方式不是獨立存在的，如去國懷鄉、尋根情懷等，都被扣上民族的帽子。筆者認為，對某些狹隘的民族主義固然應該保持清醒，但如果將「民族的」全盤推翻，連一絲基本的民族意識也沒有的話，又怎能表明華人華文作家們自己與「他者」不同的心態？對於華文文學作家來說，文學創作是其在特定歷史文化背景下進行族群記憶的一種必然甚至是唯一的方式，他們遠離故國，必然要通過某種方式來表現自己內心的想法和生存的狀態，民族國家形成後，除了確定整個國家中保障具有各類行政體系之外，子民自發自覺地效忠於國家，也時刻被警醒須對國家具備忠誠堅定的信念。因此，盲目地把這種民族認同感斥責為所謂的「民族主義輝煌」，在原則上是說不過去的。

其次，從文化視角對華文文學進行研究，是近年來華文文學界所追求的方向，然而四位學者所提的「文化的華文文學」裡的「文化」，屬狹義而非廣義，與傳統意義上學者們論及的大框架下的「文化」概念還是有很大不同的。「文化

---

4 莊園，《文化的華文文學——華文文學研究方法論爭鳴集》（汕頭：汕頭大學出版社，2006），頁12。

的華文文學」這個名稱本身並不重要，重要的是「能夠把體現為華文文學研究活動的思想過程導向一個別樣的、新的領域，從而使華文文學獲得與以往不同的詮釋學待遇」[5]。這裡所強調的「文化」，是：「讓我們的華文文學研究將自己的研究對象還原到對居住或居留於世界各地的華人作家們的生命、生存和生活的原生狀態的關注上。這，就是我們所屬意的『文化的華文文學』的要義之所在。」[6]這種要義有利於思維的開闊，但也會引發歧義，正如劉登翰所指出的：「文化的華文文學」講的是「生命」而非「文化」，將其易名為「生命的華文文學」或許更為準確[7]。

最後，認為當今關於華文文學的所有研究都未能超越「語種的華文文學」觀念，把華文文學無法取得進一步發展的所有罪責都歸咎於「語種」。1993年8月的「世界華文文學國際研討會」上，學者們提出「漢語文學不只是中國的文學，而是世界性的語種文學之一，應建立世界華文文學的整體觀」[8]。按照語種的華文文學確實存在只注重語言學方面的外部表象特徵，而對深入其中的多樣性的華文文學本質避而不談的現象，這樣從某種程度上是會阻礙向研究對象內部進

[5] 莊園，《文化的華文文學——華文文學研究方法論爭鳴集》（汕頭：汕頭大學出版社，2006），頁13-14。

[6] 莊園，《文化的華文文學——華文文學研究方法論爭鳴集》（汕頭：汕頭大學出版社，2006），頁16。

[7] 莊園，《文化的華文文學——華文文學研究方法論爭鳴集》（汕頭：汕頭大學出版社，2006），頁26。

[8] 饒芃子、楊匡漢，《海外華文文學教程》（廣州：暨南大學出版社，2009），頁4。

行探索的可能性。但是，不管是繼續以語種為大前提，抑或完全擺脫語種的束縛，似乎都存在某種侷限性，本可以更寬廣的胸襟去看待。這正如到底是華人文學抑或華文文學的爭論，華人作家近年來所取得的一系列成就，如以英文寫作逐漸被美國主流文學所關注的哈金、閔安琪、李翊雲等等，他（她）們所創作的非華文作品無疑是華文文學研究者的新興趣所在。

華人文學包括大陸華人文學和大陸以外華人文學，而大陸以外華人文學又可以分作大陸以外華人華文文學和大陸以外華人非華文文學。華文文學包括華人華文文學和非華人華文文學，而華人華文文學又可以分作大陸以外華人華文文學和大陸華人華文文學。如此看來，華人文學無法將非華人所寫文學作品包括其中，而華文文學則無法將華人所寫的非華文文學包含在內。從辯證的角度看，縱使以上兩種分類方法能在大多數方面找到交集，但因為不可避免地存在語種、人種的差別關係，想僅用其中一個名稱來進行概括似乎是不現實的。因此，我們所需正確理解的應該是「華人文學 and 華文文學」，而非「華人文學 or 華文文學」。〈存在〉對華文文學現狀關切與憂慮的心情是可以理解的，但他們在「吶喊」的同時，也流露出「彷徨」的一面，這也是我們在今後的華文文學研究中不得不面對的問題。只有大膽走出囹圄，在更為廣闊的全球化文化視野空間下看待華文文學的未來，才能找到前行的方向。如今，距離當時的爭鳴又過了十餘年，研究中也逐漸發現其實並不必刻意將華文文學定性為

「語種的華文文學」，或是「文化的華文文學」。兩者之間顯然也並非二元對立、無法共存的。不可否認，從狹窄的「語種」範疇走向更為寬廣的「文化」範疇是大勢所趨，對華文文學發展也是更為有利的。在全球化視野範圍內，運用整體觀的思想及方法對華文文學進行更深層次、多角度地探討與研究，一定能取得更具實效的成果。

中國大陸的現當代文學研究主要對華人華文作家們用中文創作的作品表現出興趣，而從事外國文學研究與比較文學研究的學者則更關注華人後代用英文創作的作品以及一些新移民以所在國語言寫作的作品。即使把上述後兩類作品放在同一框架體系中進行分析，也是不精確的，它們所關注的重點顯然不同，也因此具有各自不同的性質特徵。

第二節　從離散到後殖民，再從「反離散」到「包括在外」

韓國學者金惠俊提出，今天所謂的華人，除了有一部分人仍然持有中國（不論是中華人民共和國抑或中華民國）國籍以外，大多數人已經不再持有中國國籍，雖然他們還繼續與中國以及漢族保持有一定的聯繫，但從根本上說幾乎或完全沒有再次回到傳統漢族共同體的可能性。這部分人代表了尋找「理想居住地」而不斷移動的群體。將他們的文學通稱為「華人文學」，將其中用漢語創作的文學通稱為「華人華文文學」，而其中用英語創作的文學稱為「華人英文文學」[9]。原因如下：在世界各地華人的文學創作活動中，很難或者幾乎不能區分以21世紀新型跨國移居者為主的創作活動與以留學生等臨時性滯留者為主的華人非永久性移居者的創作活動，更因為至少目前為止與此相關事項的最基本的概念及範疇尚處於不確定的狀態。

華語語系研究（Sinophone Studies）作為一項學科新興力量，始於陳鵬翔對傳統意義上華文文學的批判[10]，但一直到史書美2004年發表的一篇〈全球的文學，認可的機制〉（Global Literature and the Technologies of Recognition）才開始正式將這一提法引入學界視野。她指出高行健不應算作中國作家，而應被看作是華語語系的法國作家。隨著理論的進一步豐富深化，2007年她的英文專著《視覺與認同：跨太平洋華語語系表述・呈現》（*Visuality and Identity: Sinophone Articulations across the Pacifically*）的完成，以及其譯作於2013年在臺灣的出版發行，使得華語語系觀點形成了有深度和廣度、有系統性能夠辯證討論的課題。在這本書中，史書美給出的定義為：所謂「華語語系」，指的是在中國之外，以及處於中國及中國性邊緣的文化生產網絡，數百年來改變並將中國大陸的文化在地化[11]。她也同時期冀能夠從法語

9 金惠俊，〈試論華人華文文學研究〉，《香港文學》第341期（香港：香港文學出版社，2013年5月），頁18。

10 王德威，《根的政治，勢的詩學：華語論述與中國文學》（高雄：國立中山大學出版社，2015），頁1（轉引自莊華興，《馬華文學的疆界化與去疆界化：一個史的描述》，《中國現代文學》第22期，頁31-38）。

11 史書美著，楊華慶翻譯，蔡建鑫校訂，《視覺與認同：跨太平洋華語語系表述・呈現》（臺北：聯經出版社，2013），頁17。

語系（Francophone）、葡語語系（Lusophone）、西語語系（Hispanophone）以及英語語系（Anglophone）研究中得到借鑑，在眾多語系世界中尋求共鳴。因此，她理論中的「華語語系」定義，包含了在中國之外使用各種不同漢語語言（Sinitic languages）的各個區域[12]，而且使用各種（與中國相關）的漢語語言，是自主的選擇與其他歷史因素造成，因此華語語系只有當這些語言還繼續被使用時才存在。如果這些語言被摒棄不用，那麼華語語系也會隨之消退或消失。然而華語語系的消退或消失並不足以哀嘆或萌生懷舊之感。華語語系不會注重強調某個個體的種族屬性，卻更關注整體語言集團在成長或沒落過程中變化著的語言。史書美還極力強調應將華語語系文學與中國文學明確劃清界限，

> 我所指的中國文學，「是」來自中國大陸的作家「創作的文學」；華語語系文學，則「是」來自中國本土以外，在世界各地以華文寫作的華語作家「創作的文學」。華語語系文學的最主要產地是臺灣以及一九九七年之前的香港，不過值得注意的是，東南亞各地在二十世紀也出現了許多旺盛的華語語系文學傳統及實踐。在美國、加拿大、歐洲各地，採用華文寫作的作家也不少；二零零零年諾貝爾文學獎得主高行健

12 史書美著，楊華慶翻譯，蔡建鑫校訂，《視覺與認同：跨太平洋華語語系表述．呈現》（臺北：聯經出版社，2013），頁53。

正是其中的佼佼者。[13]

史書美認為有必要重新審視中國文學界的各種不公現象，與根紅苗正的正統中國文學作品相比，在中國大陸之外地區發表的文學作品明顯被邊陲化，難以得到足夠的重視與關注。而在她發表於2016年《文山評論：文學與文化》第9卷第2期題為〈何謂華語語系研究？〉的文章中，她又主張華語語系的研究對象是中國領土以外的華語社群和文化以及中國大陸內部那些被強迫（或是自願）學習及使用普通話的少數民族社群和文化。她指出把所有用漢文寫成的文學作品統稱為中文文學是錯誤的。與之前的研究相比，史突出強調了對中國大陸內部被強迫或自願學習及使用普通話的少數民族社群和文化的研究。她解釋道：「清朝的大陸殖民主義將『中國本土』（China proper）擴大了兩倍有餘，這個巨大的『完整領土』（territorial "integrity"）大多被後來的中華民國（1911-49）和中華人民共和國（1949-）繼承。因此我們可以說，今天的中國仍然享用著清朝大陸殖民主義的遺產，而這一事實促使我們必須要把那些被稱為『中國少數民族』的被殖民者及其文化列為華語語系研究的主要研究領域之一。」[14]而在對中國少數民族性質與操控地位進行批判時，

13 史書美，紀大偉譯，〈全球的文學，認可的機制〉，《清華學報》新34卷1期（2004年6月），頁8。

14 史書美撰，高雄師範大學英語系吳建亨、臺大外文系博士生劉威辰合譯，〈何謂華語語系研究？〉，《文山評論：文學與文化》第9卷第2期（2016年6月），頁105-123。本書的部分內容取自史書美兩篇論文：〈華語語系的概

她又更進一步闡明，中國政府定義的少數民族（除了漢族之外的其他五十五個民族），大都有屬自己族群的語言和文字，漢語對於他們來說只能算作官方強加於他們本來語言之上的一種所指，難以包羅對他們本民族語言、文化與本質的覆蓋。把研究重點與研究方向投向少數民族文學無可厚非，而似乎也與華語語系研究走入瓶頸有著緊密的關係，原來的理論模型愈來愈難以為繼，只能朝向後殖民與少數民族文學尋找出路。

在談到離散研究時，史書美強調華語語系研究對離散研究此一框架本身的侷限是有所警覺的。她提出了離散中國人研究的兩個盲點：其一是無法突破將中國性視為準則的看法，其二是缺乏與其他學術領域的交流[15]。史書美覺得離散中國人研究中過多對「原鄉」的描述，既妨礙了華語語系族群在世界各地的散布，也無法消解在移居國異質化與文化多元化的進程。她也很明確地區分了定居殖民主義（settler colonialism）與離散之間的差異。所以她不同意把「中國離散」（Chinese diaspora）一詞套用在所用情況的做法。因為離散既粉飾了定居殖民主義的暴力，也把定居海外的華人與中國「故鄉」牢牢地綁在了一起，即便他們已經定居中國境外

念〉和〈理論、亞洲和華語語系〉。前者發表於《美國現代語言協會期刊》（*PMLA*）第126期3號，後者發表於《後殖民研究》（*Postcolonial Studies*）第12期4號。

15 史書美著，楊華慶翻譯，蔡建鑫校訂，《視覺與認同：跨太平洋華語語系表述·呈現》（臺北：聯經出版社，2013），頁52。

好幾個世紀[16]。這也應該是她個人創作《反離散：華語語系研究論》的主要動因。明明已經喪失了離散的本質，還偏要牽強附會地與離散扯上種種剪不斷理還亂的干係，在史書美看來，著實令人不解。反離散的另一個主要原因，史書美還認為，離散價值觀不可避免地將分離數世紀的離散漢族與所謂的「祖國」緊緊捆綁在一起，而離散作為一種價值觀隱含對祖國的忠誠與嚮往，在離散者與祖國之間形成一種約束性的必然關係。她還主張離散是有時效性的，會過期的；不能在三百年後仍聲稱自己為離散者，每個人都應該被賦予成為在地人的機會[17]。

按照史書美的理解方式，華人／華文文學近期移居派作家，他們的作品中很多已經沒有了以前那種傳統意義上的離散特徵，如果仍然用離散的視角來以偏概全，確實有失偏頗。某些經濟上已經實現財富自由的社會菁英離開自己的祖國，或為了子女能夠更好地接受教育，或自己繼續進行學業深造，或在移民目的國投資創業，他們前往發達國家並最終留下定居，這樣的個案數不勝數，他們非但不具有早期中期移民那種經濟上的捉襟見肘、精神上的孤立無援，甚至有時會覺得在移民社會如魚得水，高人一等。筆者雖然部分認同史的觀點，但須運用與時俱進的思維對這一問題進行思考，通過共時與歷時相結合、動態與靜態相結合的方式來審視離

---

[16] 史書美，〈何謂華語語系研究？〉，《文山評論：文學與文化》第9卷第2期（2016年6月），頁112。

[17] 史書美，《反離散：華語語系研究論》（臺北：聯經出版社，2017），頁16。

散命題。

根據史書美的觀點，華語語系與國家民族並無多少關聯，所有漢語語言都被華語語系包含其中，大部分華人移居群體也被華語語系包含其中，還可涵蓋華人或華人移民後裔，以及港澳（返還之前）臺與新馬泰這類華人群體占多數的國家或地區。從九七前香港的民主黨人士或臺灣獨立派人士的角度來看，華語語系表述更是具有反殖民、反中國霸權的意義[18]。華語語系與中國的關係充滿緊張，而且問題重重。其情況與法語語系之於法國、西語語系之於西班牙及英語語系之於英國之間的關係一樣，既曖昧又複雜[19]。華語語系在絕大多數語境中扮演的都是反對大中國中心的角色。筆者認為，史書美上述「反對大一統」以及「去中國化」的觀點無疑使其華語語系理論成為中國大陸學界批判的對象。她把使用漢語語言描述為如此不堪的「殘存的特性」，可見想要將與中國性相關之一切抹煞的決心。由於政治時空原因，九七後的香港也被一併排除在外。史書美還義憤填膺地質問：「究竟是誰不讓這些祖先來自中國的華語語系族群完全成為一個泰國人、菲律賓人、馬來西亞人、印尼人或新加坡人？以及是誰不讓他們像該國其他的公民一樣，可以具有多重語言、多元文化？相同地，究竟又是誰不讓美國的各華語

18 史書美著，楊華慶翻譯，蔡建鑫校訂，《視覺與認同：跨太平洋華語語系表述．呈現》（臺北：聯經出版社，2013），頁56。

19 史書美著，楊華慶翻譯，蔡建鑫校訂，《視覺與認同：跨太平洋華語語系表述．呈現》（臺北：聯經出版社，2013），頁57-58。

語系族群單單就是，或者成為美籍華人，並且能夠強調這個複詞中美國人的部分？」[20]她時而歸罪於排華法案、反華暴動以及綁架華人兒童等個案事件，時而影射大一統中國思想使這些公民即使幾個世代在地化也無法真正融入移居社會。這一系列咄咄逼人的反問，貌似能夠通過分析得出結論，但一直到最後也沒有在她的論述中找到受用的答案。

李楊指出，「華語語系」的「去中國」取向，顯然與中國大陸近年日趨強盛的民族國家意識背道而馳——一方面，「民族國家認同」幾乎成為了後革命時代「階級認同」的唯一有效的替代物；另一方面，民族主義也成為近年中國經濟快速崛起的重要伴生物。在這一語境中，「華語語系」對「政治正確」的衝擊顯而易見。對「華語語系」的批評，集中於史書美將中國大陸排斥在外[21]。朱崇科也認為，華語語系概念的提出，並不僅僅代表一個新名詞的出現，而是具有更重要的意義，比如「去中心化與反殖民色彩」[22]。他還認定這一概念作為一種新的崛起，可以有助於理清並認識中國大陸文學和世界各地華人文學之間紛繁複雜的對峙，衝破狹隘的以中國為中心的大一統思維，運用共生共存的模式看待這種糾纏與對話。然而他也不免看到華語語系文學作為一個

[20] 史書美著，楊華慶翻譯，蔡建鑫校訂，《視覺與認同：跨太平洋華語語系表述．呈現》（臺北：聯經出版社，2013），頁49。

[21] 李楊，〈「華語語系」與「想像的共同體」：解構視域中的「中國」認同〉，《華文文學》2016年5月（總第136期），頁77。

[22] 朱崇科，〈「華語語系」中的洞見與不見〉，北京：《文藝報．文學評論版》2017年8月4日。

既有批判性，又具主體性的術語，存在對跨殖民的過度泛化以及對抗性貧血等這樣那樣的問題。

在實際操作中，史書美貌似不費吹灰之力就拋下了各種語系之間的差異，以Anglophone、Franchophone、Hispanicophone為模板打造出「Sinophone」（「華語語系」）這一範疇時，將中國海外華文文學與西方殖民地文學這兩個完全不同性質的概念混為一談[23]。值得一提的是，多數西方國家的統治階層完全不管不顧正義與道德的束縛，對殖民地國家和人民進行肆無忌憚的瘋狂強取豪奪。經濟上直接與間接侵略的同時，他們還在文化與宗教方面刻意營造友好融洽的氣氛，提升自己的形象，使殖民地人民接受順服，妄圖將殖民統治合理化。顯然，史書美在提出華語語系觀點時，混淆錯置甚至偷換了某些概念。語系文學所帶有的濃厚殖民和後殖民主義氣息，全都反映了隨著西方侵略勢力範圍將目標地區侵占之後，對語言所形成的支配地位。洎來文化的大舉挺進，導致本地文化隨之發生變化。同時也使得思維活動的最佳載體——語言，以及使用語言作為表現手段的文學，全都發生強烈的變化。多年之後，西方殖民者全身而退，離開被殖民國家，他們對被殖民地國家所造成的影響卻保留了下來，不會輕易消散。最明顯的語言方面的影響更是早已不能被任意改變。就如生於日治時期臺灣的那一代人，在當時以及此後的很長一段時間裡，都是通過使用日語進行交流。即

[23] 李楊，〈「華語語系」與「想像的共同體」：解構視域中的「中國」認同〉，《華文文學》2016年5月（總第136期），頁77。

使殖民時代已經結束，他們中還有很多人一直習慣於運用日語來表達自己的情感與想法。

趙稀方雖然肯定了史書美「打破華文文學論述的一統性」的積極意義，但也看到將華語文學與英語語系文學、法語語系文學相提並論，混淆了問題的界限。要清楚英語語系文學與法語語系文學都是當時英國與法國在發動對別國殖民戰爭，大舉開闢殖民地，推行帝國語言的結果，因此殖民地文學也應運而生[24]。而近代中國，並未直接開拓殖民地，侵略弱小國家地區，而中國人流散世界各地成為移民，不應忘記除了以往的戰亂流落，也有嚮往先進國家文明而主動移居的事實。趙一再指出：「這些移民與中國的關係，並非被殖民者與殖民者的關係，而是平等的文化語言關係，移居歐美者甚至還有高中國大陸人一等的心態。」[25]他強調道，不同地域的海外華語文學因為歷史、地域、政治、文化等多方面的原因，肯定會發展出與中國大陸文化不同的特徵，如史書美那般把兩者的關係完全比喻為殖民對抗，則是不可取的。

而錢翰除了批評史書美是要用一個概念把在中國大陸之外的創作集合起來，強調這種或者說這些文學與中國中央政府管轄之地的文學的差異，切割海外華人與中華傳統之間的關係，建構起與中國中心的對立面，同時也指出史書美「去

[24] 趙稀方，〈從後殖民理論到華語語系文學〉，《北方論叢》2015年第2期（總第250期），頁33。

[25] 趙稀方，〈從後殖民理論到華語語系文學〉，《北方論叢》2015年第2期（總第250期），頁33。

中國化」對抗性難以立足的矛盾局面，試圖把中國大陸文學也納入到華語語系版圖之中[26]。然而王德威「用華語語系文學的大框架，把盡可能多的異質性因素都裝進來，不是因為他不明白其中可能造成的混亂，而是他與史書美都有類似的目標：消解『中國性』，這可能是基於政治的意識形態，也可能是因為他們的生活經驗」[27]。筆者認為，我們一方面應該看到世界華文學者渴望與中國大陸學界平等交流對話的局面，他們渴求發出自己的聲音，彰顯自己的主體性，「這種訴求有其合理性，海外漢語文學不應被簡單視為中國文學的一個小小的支流，它們不僅是中國文化之果，也是東南亞、北美、歐洲的文化之果，它們是多重文化雜交叢生的產物，充滿勃勃生機，有其獨特的精血和靈魂」[28]。而另一方面，也要積極鼓勵合情合理合法的討論方式，而非僅僅套用某些個術語創造出名不正言不順的新概念。

王德威將華語語系概念所取得的成就都歸功於史書美，他雖並不完全認同史書美的立場，卻毋庸置疑地「尊敬她的論述能量以及政治憧憬」[29]。然而事實上，王德威才真正應該被看作是最得力的華語語系文學倡導推廣者。王德威

---

[26] 錢翰，〈「華語語系文學」：必也正名乎〉，北京：《文藝報．文學評論版》2017年8月4日。

[27] 錢翰，〈「華語語系文學」：必也正名乎〉，北京：《文藝報．文學評論版》2017年8月4日。

[28] 錢翰，〈「華語語系文學」：必也正名乎〉，北京：《文藝報．文學評論版》2017年8月4日。

[29] 王德威，《根的政治，勢的詩學：華語論述與中國文學》（高雄：國立中山大學出版社，2015），頁1。

認為，20世紀至今海外華文文學理論與實踐所取得的大幅進步，早已使得中國、中文或「Chinese」一詞不能涵蓋這一時期文學生產的駁雜現象。而華語語系文學強調以中國大陸及海外華人最大公約數的語言——只有為漢語，包括各種官話到南腔北調的方言鄉音——的言說、書寫作為研究界面，重新看待現當代文學流動、對話或抗爭的現象[30]。而王德威與史書美在理論上最大的不同之處，在於王力爭「華語語系文學不是以當代中國為出發點的『海外華文文學』，也不必是奉西方反帝、反殖民理論的東方範例。華語語系始自海外眾聲喧嘩，但理應擴及至中國大陸以內的文學，包括漢族以及非漢族文學，並由此形成對話」[31]。王德威還進一步指出：「華語語系文學與以往海外華僑文學、華文文學最不同之處，在於反對尋根、歸根這樣的單項運動軌道。」[32]提起中國海外離散，就好像不得不提到中華母根博大精深，開枝散葉在海外的移民都時時刻刻冒現有尋根的衝動。然而，他又同時進一步強調，反對尋根，並不意味著一定要將中華文化連根拔起，「相對於落葉歸根的呼應，只有在移居地落地生根之後，才能成就華語語系的主體性」[33]。在「尋根」問題

[30] 王德威、高嘉謙、胡金倫編，《華夷風：華語語系文學讀本》（臺北：聯經出版社，2016），頁3。

[31] 王德威、高嘉謙、胡金倫編，《華夷風：華語語系文學讀本》（臺北：聯經出版社，2016），頁5。

[32] 王德威，《根的政治，勢的詩學：華語論述與中國文學》（高雄：國立中山大學出版社，2015），頁25。

[33] 王德威，《根的政治，勢的詩學：華語論述與中國文學》（高雄：國立中山大學出版社，2015），頁25。

上，王德威與史書美的觀點是基本一致的，只不過王的表述更加曖昧，也更加令所有人易於接受。而史的論述則相對尖銳，輕而易舉就能刺激到某些學者的貧弱神經，她認為，即使「使用與中國有若干歷史關聯的漢語語言並不代表必定與當代中國有關聯」，「華語語系表述可能具有任何一種人類表現的方式，其表現的方式並非單單由中國來決定，而是由地方、區域或全球的情況與欲望來決定」[34]。

鑑於史書美與王德威在美國乃至整個全體華語文壇評論界的聲望以及二人多年的私交，令雙方完全放下身段進行學術上的爭辯對峙貌似並不可能。但這並不意味著兩人學問上的分歧爭端能有和解的可能性。史書美在一次訪談中毫無隱晦地提到：「華語語系的定義具有某種目的性和政治性，因此它不能迎合比較保守取向的學者，這些學者只想跟所有人相安無事，而不希望有批判性或政治性。……然而有很多學者、很多人，尤其是在臺灣與美國的亞洲研究裡，認為學術和政治毫不相關。……他們不願意討論種族，不願意討論政治壓迫、文化壓迫或邊緣化，很多人不願談論這些敏感的話題。」[35]她隱晦提到的某些學者以及某些人，不免讓人產生各種聯想。

史書美在談到有無可能同時探討湯亭亭、哈金與高行

[34] 史書美著，楊華慶譯，蔡建鑫校訂，《視覺與認同：跨太平洋華語語系表述．呈現》（臺北：聯經出版社，2013），頁56-57。

[35] 史書美，《反離散：華語語系研究論》（臺北：聯經出版社，2017），頁271。

健時，認為既有可能，也不可能，彷彿既能促成一些事情，但同時又存在一定的問題。她認為這是在以種族來組合，而華語語系研究之所以有用，是因為不關乎種族，而是關於語言[36]。通過很多生活中發生在我們身邊的實例發現，種族其實並非生物的標籤，而是一種社會的標籤。有多少從小被美國父母領養的亞洲兒童，成年後一口流利的英語卻根本不記得來自他們生物學意義上父母的語言。從這個意義上來說，如果這個群體中的某些人以後成為作家，回望自己的出生之地並去尋根尋源，那麼他們的作品也是根本不可能被華語語系包括在內的。因此，華語語系如果不能成為繼續深入討論華人華文／英文文學的理論框架，就需要我們另外開闢新的視野去進一步拓展其他理論了，而不能僅僅因為它是學科前沿的新概念就一味依附。

今後如何突破研究侷限，最優化運用華語語系這一新興概念，成為研究的主要議題。朱崇科主張，在華語語系範圍之內，以及相對成熟的華文文學區域內，產生「本土中國性」（native Chineseness）的可能性極其之大。它既和更大範圍的中國性有交集，同時，更屬本區域內部本土性的一個層面。華語語系文學中的中國性，特別是其中的文化中國性，幾乎是永遠的[37]。

---

36 史書美，《反離散：華語語系研究論》（臺北：聯經出版社，2017），頁331。

37 朱崇科，〈「華語語系」中的洞見與不見〉，北京：《文藝報．文學評論版》2017年8月4日。

通過前面的論述可以明顯地感受到，華語語系研究到今時今日為止，離成為在相關學科領域得到普遍認同的理論還相差甚遠，所面臨的問題與困境也很多，許多關注致力於此研究的學者也未能在基本理論框架上達成共識，正如劉俊提到的那樣：「從史書美的英語『Sinophone』和『Sinophone Literature』，到王德威的中文『華語語系文學』，在了解了『華語語系文學』觀點以及理論的形成、變異與進步過程，其背後隱含的意識形態立場之後，我們在使用這一概念及理論（論域／話語『場』）的時候，應該會知所進退、有所取捨了吧。」[38]但是，創造這樣一個新概念及理論，去與以往學科成果進行爭鳴，不得不說這本身就是一個契機，藉著這樣一個重新命名的過程，才能找到理解問題的新方法。

華語語系概念的提出，為學者們提供了新的思辨傾向，尤其它意圖顛覆將中國作為統一的共同體的「大中華中心主義」，為重新思考「中國」的內涵與外延擴展了理論空間。然而，隨著爭論的升級，華語語系概念作為理論所存在的弊端也是不容忽視的，而華人華文文學理論則能在很大程度上緩解其理論缺陷。華人華文文學理論由韓國的金惠俊提出。雖然該理論涉及到華文，卻並非以語言作為標準進行劃分，而是從一種新型人類群體的角度去看待問題的本質。金惠俊曾指出，華人華文文學不只是在語言上使用漢語的文學，也不只是在文化上作為出發地的中國文化（漢族文化、中華文

[38] 劉俊，〈「華語語系文學」的生成、發展與批判——以史書美、王德威為中心〉，《文藝研究》2015年第11期，頁51-60。

化）與作為經由地乃至到達地的居住地文化（主流文化和多數與少數文化混存的居住地文化）之間在衝突、矛盾、調和、融合、創造的相互作用下的文化產物，而更是作為新的人類群體的自我表現[39]。華人華文文學不單單侷限於語言層面，還使在特定群體中構成共同的歷史記憶與情感表現成為可能。華人華文文學自身還以多種方式存在，但又具備很有價值的獨特性格：以跨國家、跨文化的雙重經驗乃至多重經驗為基礎，具有邊緣的、夾縫的文學的特性。它以一個社會內部的主流和少數者、少數者和少數者之間的辯證關係則既相互衝突又相互融合為基礎，具有將來能產生出一種和而不同的文學的特性[40]。

在21世紀新的歷史條件下，過去主要以殖民、難民、移民的形態存在的移居者如今在量上更加增長、空間上更加擴大、時間上更加頻繁、現象上更加普遍化[41]，隨著離散與鄉愁的逐漸淡化，重新反思出發地文化背景，通過將居住地的文化與出發地的文化混雜而處，在追求和形成新文化的過程中實現文化回歸與再創造，直面認同危機，重塑新型跨國移居者動態的移動式身分認同。超越中國文學、超越孤立的華人華文文學而具有普世意義，也具有居住地社會內部的少數

39 金惠俊，〈試論華人華文文學研究〉，《香港文學》第341期（香港：香港文學出版社，2013年5月），頁22。

40 金惠俊，〈試論華人華文文學研究〉，《香港文學》第341期（香港：香港文學出版社，2013年5月），頁24-25。

41 金惠俊，〈試論華人華文文學研究〉，《香港文學》第341期（香港：香港文學出版社，2013年5月），頁23。

種族文學的意義，其結果將對中國乃至世界做出新的貢獻。

第三節　美國華人文學研究展望：前路在何方

海外及臺港澳華文文學的興起，追溯相關文學史的足跡，是從1980年代初發生發展，產生影響並成為一種新興學科的研究對象。除了一些以個人名義專注於此類研究的學者之外，在中國大陸比較有規模的研究團隊，概括地說可以分為「一南一北」兩個陣營。南方的暨南大學，素有華僑華人研究的傳統。1982年，暨南大學主辦了第一屆臺港文學研討會，後由北京、上海、福建等地多所高校與研究機構共同發起設立了世界華文文學學會籌備委員會。1987年成立了暨南大學臺港暨海外華文文學研究中心與資料中心。2006年，在原海外華文文學研究中心學科梯隊基礎上，建立了暨南大學海外華文文學與華語傳媒研究中心，並於2008年1月正式掛牌。中心下設與華文文學密切相關的華人詩學、華語傳媒與當代文藝生產、華語傳媒產業發展與中外文化交流三個研究室，還設有華語傳媒文獻信息中心。饒芃子將海外華文文學研究引入文藝學以及比較文學的領域，伴隨著中心工作的大力開展，出版了《海外華文文學教程》和《海外華文文學讀本》等多部相關專業教材，並且開設海外華文文學方向專業，培養高學歷人才，擁有碩博士學科授予權。由饒芃子主編，中國社會科學出版社出版的《港澳及海外華文文學研究叢書》系列[42]，也得到了相關學界的推崇。暨南大學海外華文文學專業有著強勁的發展潛力，而與之相鄰的中山大學、汕頭大學和福建師範大學，也在這一領域的學科同行中處於領先地位。

北方的北京外國語大學華裔美國文學研究中心，設立於2003年元月，是中國大陸高校中首先從事該領域的教學和科研中心，由熱心於華裔美國文學研究的吳冰作為學科帶頭人，她協同北京外國語大學華裔美國文學研究中心成員，經過多年不懈努力完成了中國國家社科基金項目「華裔美國作家研究」。與此同時，南開大學出版社出版發行了《21世紀華人文學叢書》系列[43]，從美國華裔文學研究出發，發展到

42 《世界華文文學的新視野》，饒芃子著。
《想像香港的方法：香港小說論集（1945-2000）》，蔡益懷著。
《敘述民族主義——亞裔美國文學中的意識形態與形式》，[美]凌津奇著。
《從必需到奢侈——解讀亞裔美國文學》，[美]黃秀玲著，詹喬、蒲若茜、李亞萍譯。
《邊緣的解讀：澳門文學論稿》，饒芃子、莫嘉麗著。
《跨文化視野中的葉嘉瑩詩學研究》，朱巧雲著。
《在文學的現場——臺港澳暨海外華文文學在中國大陸文學期刊中的傳播與建構（1979-2002）》，顏敏著。

43 《美國華裔文學史》（中譯本），[美]尹曉煌著，徐穎果譯。
《美國華裔文學選讀》（第2版），徐穎果主編。
《華人的美國夢——美國華文文學選讀》，林澗主編。
《流散與回望——比較文學視野中的海外華人文學（論文集）》，饒芃子主編。
《錯位與超越——美、澳華裔作家的文化認同》，王光林主編。
《開疆與闢土——美國華裔文學與文化：作家訪談錄與研究論文集》，單德興著。
《故事與新生——美國華裔文學與文化：作家訪談錄與研究論文集（二）》，單德興著。

廣義的華人文學範疇，大量文獻資料與作家作品分析填補了華人文學研究的歷史空白。許多其他高校各類人文社科基金的啟動，更有大量學術期刊論文結集以及不少相關領域碩博士論文的湧現，在當時華裔美國文學研究異軍突起的形勢下，這些成果大都得到認可並獲得了出版發行的機會。

美國華人文學研究本應該方興未艾，但在眾聲喧嘩之後目前又陷於沉寂之中。這一方面是因為美國華人文學的作家作品研究樣本並不是那麼豐富，彷彿幾年時間內已經把應該而且能夠進行分析的研究對象探討詳盡；二是缺乏系統性有規模的研究團體，而不同高校相關學術團隊之間也鮮有交流互通；再有就是理論和方法的缺乏，劉登翰指出，華文文學研究的發展主要表現在「面」的拓展上，即由「臺港」向「臺港澳」而「海外」而及「世界」，即從「空間」上將不同地區和國家的華文文學逐步包羅在自己的研究範疇之中。但在問題的深入上，則顯得有些不足[44]。暨南大學雖然仍有海外華文文學專業，但研究方向已經轉換至傳媒產業發展、

《和聲與變奏——華美文學文化取向的歷史嬗變》，趙文書著。
《華裔美國作家研究》（國家社科基金項目），吳冰、王立禮著。
《華裔經驗與閾界藝術——湯亭亭小說研究》，方紅著。
《跨文化視野下的美國華裔文學——趙健秀作品研究》，徐穎果著。
《顯現中的文學：美國華裔女性文學中跨文化的變遷》，唐蔚明著。
《族裔與性屬研究最新術語詞典》，徐穎果主編。
《華美文學：雙語加注編目》，錢鎖橋編。
《離散族裔文學批評讀本——理論研究與文本分析》，徐穎果主編。
《變換的邊界：亞裔美國作家和批評家訪談錄》，劉葵蘭著。

[44] 劉登翰，《華文文學研究的瓶頸與多元理論的建構》，《福建論壇·人文社會科學版》2004年第11期，頁35-37。

當代文化生產以及中外文化交流方面，不得不說也已偏離了建制的初衷。吳冰2012年去世之後，當年紅紅火火的華裔美國文學研究中心，亦是人去樓空、名存實亡；而當時資料豐富詳盡的華裔美國文學研究中心網站，一直為學界廣大學者、教師及碩博研究生提供大量一手研究資料，如今也是難覓蹤影，再也無法進行檢索。難怪王德威其實早前就已經意識到，「大陸現當代文學界領銜人物行有餘力，願意對海外文學的成就做出細膩觀察者，恐怕仍然寥寥可數」[45]。另外，也有的學者提出從長遠來看，海外異域的華文文學，或將走向消亡。陳公仲就曾指出，儘管當代的海外華文作家、學人竭盡生平，致力於華文文學的創作與研究，但隨著時光的推移，他們的後代、接班人，其華語水平很可能會每況愈下，更毋庸言華文文學的創作了[46]。也許現在探討以後的消亡這種歷史不可抗規律還為時尚早，但在所有學人的思維中還是應該對此有所意識的。

總而言之，華文文學研究無論從近期還是遠期觀點來看，都仍然是非常有學術研究價值的學科專題。隨著經濟全球化、一體化的高歌猛進，推動著政治、文化也向著全球化的潮流不斷邁進。華文文學的發展亦是同樣，雖然它在發展過程中所面臨的各種困難是學者們有目共睹的，但若要進一步拓寬學術空間，開發華文文學研究的新領域，必然要求在

---

[45] 王德威，《華夷風起：華語語系文學三論》（高雄：國立中山大學文學院，2015），頁iii。

[46] 陳公仲，《離散與文學：陳公仲選集》（廣州：花城出版社，2012），頁75。

全球化視野範圍內對其進行更加多面全面地綜合探索與分析。可以在比較文學視野範圍內對華文文學進行研究，比較文學著重考慮兩類或多類國家民族文學之間的相互關係，也與文學和其他類別藝術形態進行橫向縱向對比研究。對於華文文學來說，不同時期、不同國別的作家作品無疑存在著許多可以進行比較分析的地方，比較其中的相似之處，更重要的是指出不同之處以及產生差異的原因。例如，華人華文文學作品與華人英文文學作品不僅有邊緣性、身分認同方面的共性，而且在從作家背景、女性主義、後殖民主義等角度都有相當大的研究空間。同時，也可以利用華人學的知識對華文文學進行探討。華人學，也就是人們通常所認為的華僑華人研究，以離開中國母土散居於世界各地的華人移民歷史、經濟、政治與生存文化經驗等為研究對象[47]。眾所周知，隨著時間的推移，移民的性質也隨之發生了翻天覆地的變化，起初僅作為重體力勞動者的勞工，到具有一定文化素質的留學生，再到今時今日的華人移民後裔，若不按照歷史的、變化的觀點去看待這一客觀現實，則很難使華人文學研究有所開拓與創新。比如，華人文學中常見的「思鄉」情節，就應該按照歷時的角度去分析，而不應僅僅考慮是否「華人」的抑或是「華文」的。全球化及文化多元化直接或間接地促使離散文學逐漸成為了世界文學的重要部分，如果能從跨文化、跨語際的角度探討華人文學的獨立性與特殊性，則能夠

---

[47] 朱立立，《身分認同與華文文學研究》（上海：上海三聯書店，2008），頁113。

使理論更清晰，論述的接受度也更高。劉禾的「跨語際實踐」觀點，有助於「重新思考東西方之間跨文化詮釋和語言文字的交往形式究竟有哪些可能性」[48]。跨文化、跨語際研究常常涉及不同國家、不同民族之間的交流，我們也完全可以借用這一思維方式去探討美國華人文學在具體實踐中究竟有哪些變化發展的以及能動的空間與可能。

[48] 劉禾著，宋偉傑等譯，《跨語際實踐》（北京：三聯書店，2008），頁1。

第三章　美國華人小說中的雙重他者性

華人文學，是以族裔為參照物進行分類的文學類型，又可以再細分為用華文創作的華人文學，以及用英文、日文、俄文、法文等各國文字創作的華人文學。本章主要討論近期移居派華人作家所創作的華文小說作品與英文小說作品的特徵。二者的預設讀者群各不相同，華人華文小說作品的預設讀者仍然是以華文受眾群體為主，即中國大陸、港澳臺以及移居到世界各地但仍然以華文為主要溝通語言的人們，除了通過翻譯成英文這種途徑，華人華文作品很少能夠被英語圈所熟知，因此華人華文文學作家其實也並不關心是否會在美國以及世界圖書出版市場打開銷路。華人英文小說作品的預設讀者自然是以英文為母語的群體或者通過學習接受教育能夠閱讀理解英文的群體，對於近期移居派華人英文作家而言，英文雖然是獲得語，但為了能夠得到英語圈讀者群的認可，從籌畫創作到出版發行、市場運作，都不得不考慮受眾群體的接受能力以及喜好趨向。

本章將通過對華人華文小說與華人英文小說的對照研究，探討二者間的共同特點與差異之處，分別選取了華人華文作家中的查建英、嚴歌苓、艾米，以及華人英文作家中的哈金、閔安琪、李翊雲這些代表人物進行分析。抽樣選取的兩類作家大致赴美時間相同，都是十年動亂結束、中美恢復外交關係、改革開放大潮之後通過出國留學方式抵達美國並出於各種主客觀原因而選擇留美定居的，從「留學」派實現了到「學留」派的轉變。本書並沒有以華裔美國文學中知名的湯亭亭、譚恩美、任璧蓮等土生派華人後裔作家為研究對象，也沒有選擇早先臺灣留學生文學派中耳熟能詳的於梨華、白先勇、聶華苓等作家，而有意對中國大陸1980、1990年代赴美並開始文學創作的這類近期移居派作家進行解讀。一方面，是因為學者們對前面兩類作家群體已經有了足夠的關注，大量期刊論文、碩博士論文以及學術專著層出不窮，對其繼續做更多的探究有可能錦上添花，但致力於一些鮮有提及的作家作品也未嘗不是一件更有意義的事；另一方面，用中英文創作的近期移居派作家作品，既有共性又富於個性，對其的研究更能夠迸發出學術領域的無限火花。改革開放以後，中國大陸大量知識分子選擇去美國學術深造，形成了一次規模不小的出國潮，不管他們學成以後是否返回故土報效祖國，都在政治經濟與科技文化等各個領域為中美各個行業做出了重大的貢獻。而其中那些致力投身於寫作事業的作家學者，也間接地壯大了美國華人作家的創作隊伍，使得美國華人文學領域呈現更加多元多彩多姿的發展態勢。

在最近的很多美國中文網站上，不斷出現諸如「老留」與「小留」這樣的新名詞。「老留」，主要指的是2000年大規模自費留學潮之前到達美國的那批留學生；而「小留」則指的是2010年前後，自費來美國讀高中和大學本科的這部分年輕人，他們大都家境殷實，無須為學費生活費辛勞奔波，自然在他們身上也難以找出傳統意義上「離散」的特徵。顯然，近期移居派作家都屬「老留」陣營，他們赴美之後，不論是用華文寫作還是用英文寫作，都不得不面臨一系列生活上的窘境，中美匯率之間的巨大差異使他們在經濟上拮据窘迫，遠離親人故土又使他們在精神上不得不承受著思鄉的煎熬，而獨自在異國他鄉求學謀生還要默默忍受方方面面的排擠、壓榨與不公對待。從事寫作事業更是不得不面對異常的孤獨與落寞，不知自己的作品何時才能嶄露頭角，被廣大讀者、文學評論界和出版市場所認可與接受，所以在他們的作品中，不由自主地充斥著很多描述生活苦難的場景，以及如何克服一系列難關，最終融入美國社會的情節。正如趙稀方在評論《一代飛鴻》時所提到的，移民的邊緣性造成了他們與中西文化的雙重緊張，他們不但與西方「他者」疏離，同時也與自己的出發地疏離。離開了既有的政治社會的塑造，使他們有可能掙脫原有的民族國家及民族文化的約束，而取得一個反省的距離[1]。他們不像土生派華人後裔作家那般，至少是一直生活在自己從小出生成長的環境中，能夠相對踏實自如地進行文學創作與實踐。而與臺港留學生文學相比，近期移居派作家作品又平添了更多思念故鄉本土的情懷，他們對母國流露出的感情往往是既愛又恨，左右為難的。臺灣留學生作家們則很少流露出像大陸移民美國作家這樣的去國懷鄉思緒，他們自我解嘲為「無根的一代」，中國根本不能前

[1] 融融、陳瑞琳，《一代飛鴻——北美中國大陸新移民作家短篇小說精選述評》（北京：中國文聯出版社，2008），尾頁。

去，而臺灣也不是真正的家，美國更是他者的圈子，即便同樣是留學生題材小說作品，他們更加關注的是在美生活中或好或壞的普世經驗。於梨華的作品就大都充滿著失敗感和挫折感，她的初衷是並不想讓讀者對出國求學抱有太過美好的憧憬，真實的留學生活實際上充滿了各種不易。後來，以至於她自己也已意識到這點並試圖縮小給讀者帶來負面影響的範圍，她曾這樣描述到：「留學生的生活也不見得都是那麼灰暗、消極，只是我對這方面的感覺特別尖銳。」[2]總之，近期移居派作家與土生派以及前期中期移居派作家在創作主題，創作手法和創作風格方面都有所不同。

美國的華人華文文學作品大都由華文讀者閱讀，這就決定了華人華文作家大都描寫的是對自我命運、歷史文化、身分認同等主題的思考。美國的華人英文作品是寫給英文讀者看的，而這也就決定了除了對他們出發地歷史文化、故國回望主題描寫的同時，還須兼顧滿足英語圈讀者的喜好需求與讀者期待。華人英文作家們在美國進行寫作，面對政治正確中關於種族歧視、同性相戀、跨性別者、愛滋病患、人工流產、非法移民、難民收容、酗酒嗜毒、槍枝氾濫等問題時，則一點也不敢掉以輕心；他們有時候甚至會選擇對某些政治經濟社會中的敏感問題欲言又止、避而不談，即使有所涉

[2] 劉俊，〈論美國華文文學中的留學生題材小說——以於梨華、查建英、嚴歌苓為例〉，《南京大學學報（哲學·人文科學·社會科學）2000年第6期，頁31，轉引自夏祖麗，〈熱情敏感的於梨華〉，《臺港文學選刊1988（增刊）》。

及，也無法像華人華文作家那樣暢所欲言。尹曉煌就曾提到過，華裔英語作家有時會對美國的一些敏感的社會與政治問題保持沉默，他們作品中的意象也趨於與美國白人讀者的期望相一致[3]。反之，華人華文作家們在這個問題上，擁有更多的表述自由和更大的發揮空間，甚至可以對很多社會詬病冷嘲熱諷、針砭時事，因為畢竟他們作品的預設讀者群都是懂中文的讀者而並非英文原語讀者。

政治正確主要指個人意識形態與國家意識形態高度一致，西方價值觀中的政治正確（political correctness，縮寫PC），本來指的是政治觀點上公平公正，盡量不使用一些冒犯及歧視社會上弱勢群體的用語，或施行歧視弱勢群體的政治措施。例如，不應該冒犯不同種族、性傾向、身心障礙以及持不同政見者，也被應用於非特定人群範疇，如氣候變化、動物權益等等。而現如今的歐美社會，已經發展到只能使用相對最「中立」的措詞，以防止歧視或侵害任何人；對弱勢群體極盡照顧之能事，無視強勢（多數）群體的正常需求，一味要求其退讓包容付出，以「進步」、「公平」、「博愛」為幌子，實質上試圖掩蓋某些政客謀取私利而對其他族裔做出深層傷害。政客們變得唯唯諾諾，害怕得罪選民；普通民眾說話也變得小心翼翼，生怕在職場以及各種場合被別人抓住把柄。在日常生活談話中，凡不符合大眾優勢的輿論，一律被視為「政治不正確」。事實上，對政治正確

[3] 尹曉煌著，徐穎果主譯，《美國華裔文學史（中譯本）》（天津：南開大學出版社，2006），頁186。

的執行結果一直富有爭議，左派與右派支持者也似乎根本無法互相妥協，如今的美國，言論自由也只是相對的，有人形容說愈演愈烈的分歧，最終極有可能會導致「中國式文革」在美國歷史舞臺重新上演。

在某些關乎政治正確的問題上，對於華人華文作家們來說根本不成問題的一些主題，放到華人英文作家們筆下，可能就無法那麼直抒胸臆了。華語作家由於只需要獲得華語讀者的認同，無須顧及西方讀者的反應，因而他們對於華人社區的矛盾以及美國社會存在的問題，在作品中的處理方式都更為率直，並有意識地創建一種獨特的文學視野，用以探索華人在美國的生活經歷[4]。相反，華文作家們在以中文進行創作時，考慮到中國大陸讀者及以後出版發行的問題，不得不隱晦某些政治色彩濃郁的主題，對於文化大革命、天安門事件、港澳臺問題、當前一些敏感的社會問題，涉及到中國共產黨和中國政府的言論，則無法非常直接地進行敘述闡釋。

運用不同的語言寫作，寫作時遣詞造句以及對整體篇章結構的運籌帷幄，不但體現了作家的創作傾向，也反映了作家想表現的世界。弗蘭茲．法儂（Frantz Omar Fanon, 1925-1961）在陳述語言的地位與重要性時這樣表述：「一個掌握語言的人通過反響，擁有這語言所表達的和牽連的世界。人們明白我們到底要說什麼：在語言的掌握中有一種異乎尋常

4　尹曉煌著，徐穎果主譯，《美國華裔文學史（中譯本）》（天津：南開大學出版社，2006），頁186。

的威力。」[5]掌握一門語言，即能把控這種語言所帶來的世界。掌握英語世界的華人英文作家與掌握中文世界的華人華文作家，所操縱的世界不同，所掌控的語境也顯然不同，這些近期移居派作家所創作的華人華文作品與華人英文作品之間的關係也存在著模糊曖昧的特徵，本章旨在通過對中西方文化交融混雜過程中顯現出的雙重他者性的分析，最大限度地探討華人華文小說作品與華人英文小說作品之間的異同。

他者，是在後殖民理論發展過程中，衍生出的重要概念。他者通常相對於自我而言，而自我的認知往往來自與他者的對照、對比甚至對立而來[6]。他者本身作為手段而並非目的，他者自身並無真正的本質體現出來。透過他者的具體化，自我的主體意識才能得到樹立，權威也才能夠得到樹立。霍米·巴巴在宣講自己的解構主義身分認同理論時，指出：「『他者』的位置不應當像法儂有時建議的那樣被視為一個與自我相對抗，表現一種文化疏離意識的固定的現象學上的點，『他者』應該被看作是對於文化或心理的本源身分的必要否定，它會帶來使得文化作為一種語言、象徵和歷史的現實得以表明的差異系統。」[7]「他者」作為這樣一種必要否定與差異系統，身處異鄉、語言不通、少數族裔、性別差異、社會階層不公等等，都在美國華人文學作品中顯現出

5 弗朗茲·法農著，萬冰譯，《黑皮膚，白面具》（南京：譯林出版社，2005），頁9。

6 單德興，《他者與亞美文學·緒論》（臺北：中央研究院歐美研究所，2015），頁xxi。

7 趙稀方，《後殖民理論》（北京：北京大學出版社，2009），頁27。

迴異於「本土」之外的異質特徵。而對「他者」的進一步解析，也更能揭示美國華人文學作為一種特殊文學形態存在的現實，當近期移居派作家們帶著豐富的中華文化印記移居至美國，此時的美國對他們來說無疑是一種「他者」的存在；他們身處美國卻仍然運用華文以及華文思維進行文學創作與思考，相對於美國的主流文學，自然而然也是一種「他者」的存在。而當他們又換位站在美國的立場上、通過美國視角重新審視與反思自己的出發地時，中國也變成了某種意義上的「他者」；尤其值得指出的是，那些使用第二語言進行創作的作家們，他們的作品不管對於傳統中國讀者群來說，抑或相對於美國讀者群來說，都具有不可否認的「他者」特徵。關於「他者」，薩伊德這樣認為：「每一文化的發展和維護都需要一種與其相異質並且與其相競爭的另一個自我（alter ego）存在。自我身分的建構……牽涉到與自己相反『他者』身分的建構，而且總是牽涉到對與『我們』不同的特質的不斷闡釋和再闡述。每一時代和社會都重新創造自己的『他者』。」[8]中國大陸學界對「他者」理論的關注還大都停留在中西方差異與不平等的基礎之上，並沒有進一步擴展到社會內部種族、文化、性別、階層、語言等具體問題上。本章重點關注的對象正是對這些雙重他者屬性中他者特徵的分析及他者形象的建構與解讀，同時強調「他者」所具有的差異性、多元性和兼容並包屬性，進而分析與思考雙重他者性在美國華人

8 愛德華．W．薩義德著，王宇根譯，《東方學》（北京：三聯書店，1999），頁426-427。

華文小說與華人英文小說中展現出來的不同話語作用。

第一節　雙重他者性與少數族裔話語

所謂少數話語，我們意指一種聯繫在征服和反抗主流文化過程中不同少數文化的政治和文化結構的理論表達。這個定義建立在這樣一種原理之上，即儘管存在著文化差異及特殊性，但少數族群卻享有被主流文化支配和排斥的共同命運[9]。美國華人及其後裔作為美國社會中增長最為迅速、受教育程度最高的少數族裔之一，在整個社會中所發揮的作用愈來愈重要，他們的話語權也日益提高。但即使這樣，華人群體遭受到不公正待遇的事件仍然頻頻發生，他們在美國社會作為「他者」的存在也一直沒能得到改變。華人長期受到來自儒家思想的影響，刻苦努力，勤奮踏實，而華裔父母也不惜為子女的教育及出人頭地付出一切代價。然而主流媒體卻將這種文化美德描繪成某種迂腐刻板的特徵，誣衊華裔缺乏創造力、領導力和團隊合作精神，以致無法形成統一的政治影響力。尤其是最近輿論上沸沸揚揚的「亞裔細分法案」，更是明顯體現了美國社會對亞裔公民的公開歧視。法案針對加利福尼亞所屬的公共高等教育系統以及醫療系統，要求亞裔居民額外填寫資料表格，詳細陳述各自血統族裔情況。令人氣憤的是，除了亞裔，並沒有要求對歐洲國家的移民或是

9　趙稀方，《後殖民理論》（北京：北京大學出版社，2009），頁210。

其他任何族裔的移民進行如此種類的細分。舉例說明，白人在填表時從不需要解釋自己到底源於英、法、德、俄抑或其他別的國家，而亞裔則必須具體說明父輩到底來自中國、越南、新加坡、印度尼西亞抑或馬來西亞等非常具體的哪個國家。這一對亞裔進行各種細分的政策，將被用於加州各大學的錄取上。還有之前險些通過的SCA-5法案，要求公立大學考慮種族因素錄取學生，幫助非洲裔、拉美裔等有色人種族群提高大學錄取率。更有甚者，常青藤聯盟內部一直有亞裔配額政策，即使近二十年來亞裔人口不斷增長，而亞裔錄取比例始終僅維持在17%左右。而最近，將近二百所美國高等院校取消了被稱作美國高考的SAT（Scholastic Assessment Test）與ACT（American College Test）考試成績的考察，不再強制性要求錄取時以大學入學考試成績作為標準進行考量。如果以前亞裔學生必須要比其他族裔的學生SAT成績高出一百多分才能獲得同等待遇得以被錄取的話，取消了標準化成績考量的今後，亞裔學生則更不知道要何去何從了。美其名曰錄取時會更加看重課外活動、競賽獲獎、個人陳述以及教師推薦信，但實則是為所謂的校園族裔「多樣化」尋求託詞藉口。也就是說，不管成績多麼優秀，黑頭髮、黃皮膚都可能構成不被錄取的因素；相反地，就算成績差強人意，深色皮膚也能助他們一臂之力，成功踏入世界一流高等學府的大門。這些都與上屆歐巴馬（Barack Obama, 1961-）[10]政府倡導

[10] 編按：中國大陸翻譯為奧巴馬。

高等院校在錄取時考慮種族因素，以促進生源多樣化的政策不無干係，但這樣的事情很難讓人相信竟然發生在素來自稱公平公正的現代美國，而且除了教育上體現出的不公，其他領域方方面面都存在對亞裔／華裔的輕視與歧視。

金伊蓮在《經由文學定義亞裔美國現實》中這樣評價過亞裔文化在美國的地位：「雖然我們不再處於直接的殖民統治之下，但有關亞洲的笨拙的種族想像卻繼續盛行於西方，並且同時擴張到了亞裔美國人那裡。」[11]美國大眾文化中流行的中國形象，到處充斥了傅滿洲[12]那種醜陋邪惡以及陳查理[13]那種缺乏男子氣概的刻板印象，甚至有很多西方人至今仍把他們作為心目中「中國人」的形象模型。這樣的模式化塑造直接或間接地影響了華裔對自我的價值判斷與主體認同。德勒茲（Gilles Louis René Deleuze, 1925-1995）和加塔利（Pierre-Félix Guattari, 1930-1992）合著的《卡夫卡：走向少數文學》（*Kafka: Toward A Theory of Minor Literature*）中這樣總結到少數文學的特徵：少數文學並不一定非要使用少數語言，而更可能是少數族群使用主流語言進行創作。少數文學具有非地域化（deterritorialization）、政治化（political）和集體性

---

11 趙稀方，《後殖民理論》（北京：北京大學出版社，2009），頁212。

12 英國推理小說家薩克斯．羅默（Sax Rohmer），創作的系列小說中的虛構華人人物。傅滿洲面目陰險，奸詐取巧，形象負面，被稱為「史上最邪惡的亞洲人」。

13 美國作家厄爾．德爾．比格斯（Earl Derr Biggers, 1884-1933）筆下的華人探長。陳查理頭腦聰慧，不畏邪惡，是正義的化身，標誌著負面中國人形象在美國大眾傳媒視野中的轉變。但結巴不流利的英文，謙卑溫順的性格之下也隱藏了華裔對種族歧視與不公的直接感受。

（collective value）三大特徵[14]。在少數文學中，不確定的或是被壓迫的國家意識都通過文學存在著。而華裔若要改變自身在美國社會中的刻板形象，也必須表達自己的文化身分價值與主體位置。英國文化理論家斯圖爾特・霍爾（Stuart M. Hall, 1932-2014）認為文化身分是一種「現實存在」，更是一個「形成過程」，它並不僅僅屬現在，而是涵蓋過去與未來。文化身分淩駕時空、歷史和文化，經歷著不斷轉化[15]，而且身分並非一成不變，在後現代時期逐漸斷裂、破碎；身分也不是單一的，而是建構在許多不同且往往交叉的話語、行為和狀態中的多元組合[16]。文學無疑是表達文化身分的一種很好的方式，人物的身分可以通過語言得到強化。華人華文作家和華人英文作家所創作的少數文學作品，並不屬這個或那個大師，由於邊緣性，作家們常常共同構成一種集體行為，文學積極擔負著集體甚至革命的角色和功能[17]。

土生派華人後裔作家的作品中關於中國形象的描述多為間接從母親祖輩處所聽到的，對於東方來說，是代表西方視角的他者；而對於純粹的美國人來說，他們又是無法融入主

---

[14] 吉爾斯・德勒茲（Gilles Louis René Deleuze）和皮埃爾－菲利克斯・加塔利（Pierre-Félix Guattari）合著，《卡夫卡：走向少數文學》（*Kafka: Toward a Theory of Minor Literature*，倫敦：明尼蘇達大學出版社，1986），達娜・波蘭（Dana Polan）翻譯，由雷達・本斯馬亞（Réda Bensmaïa）作序，頁16-17。

[15] 徐穎果，《離散族裔文學批評讀本：理論研究與文本分析》（天津：南開大學出版社，2012），頁81-82。

[16] 劉建喜，《從對立到糅合：當代澳大利亞文學中的華人身分研究》（天津：天津大學出版社，2010），頁1-2。

[17] 趙稀方，《後殖民理論》（北京：北京大學出版社，2009），頁216。

流社會，被主流社會所排斥的他者。趙健秀就曾這樣說過，「美國華裔是語言上的孤兒，我講的不是自己的母語，我說的是孤兒的話語。」「對於我們的美國人的身分，我們既沒有感情上的，也沒有器官上的感覺。對於我們的經歷，我們沒有信心和自尊說出來。作為一個人，我們害怕把語言作為工具，因為魔鬼通過語言占有著我們。無論是亞洲的語言還是英語，對於在美國出生的亞裔美國人，它們都是外語，我們是沒有本土語言的民族。對於白人，我們是外國人，還在學說英語。」[18]他還曾這樣描述到：「在這個社會上，一個白人可以在人群中消失，而我不能，無論我受過多麼好的教育，無論我的英語講得多麼地道。有人僅僅看到我的膚色，就認為我講英語帶口音。總有人想糾正我的發音。」[19]從這種意義上來看，土生派華人後裔作家變成了某種程度上的「失語者」，而早期中期近期移居派作家的作品中對自己祖國的描述，有的來自於自己離開出發地時的故國想像，也有來自於移居美國後進行反思的故國回望。將華人華文作品與華人英文作品進行對照分析時不難看出，華文作品中對少數族裔的描寫更直接、更大膽，而華人英文作品中即使出現相關的描述，也只是隱隱地、暗暗地流露出這方面的情感。在此將通過對華人華文作家的作品與華人英文作家的作品進行

---

[18] 徐穎果，《跨文化視野下的美國華裔文學——趙健秀作品研究》（天津：南開大學出版社，2008b），頁33。

[19] 徐穎果，《跨文化視野下的美國華裔文學——趙健秀作品研究》（天津：南開大學出版社，2008b），頁24-25。

對照研究，分析其中流露出的少數族裔話語特徵，以及雙重他者性在他們作品中的具體體現。

在嚴歌苓的短篇小說《吳川是個黃女孩》中，一對同母異父的姊妹在美國芝加哥相遇。姊姊「我」對拋棄自己、父親、外婆的生母黎若納恨之入骨，憎惡至極。整篇文章都沒有稱呼過她一次「媽媽」，除了拋棄女兒的罪狀，更讓「我」憤懣的是身上大面積燙傷的疤痕，如果不是這個叫黎若納的女人著急與情人私會而誤將滾燙的湯水置於家具邊緣，「我」也不會有現在這樣「見不得的身體」和「浮雕一樣的傷疤」，當時只有「七歲的我成了隻剝皮兔子」，「只有後背沒了前胸」[20]。因此可想而知，「我」對一直被完完整整保護了二十一年的這個妹妹「吳川」的嫉妒與怨恨了。起初「我」對吳川的感情是異常矛盾複雜的，既不想費心為黎若納去守護她並履行一個做「姊姊」的責任，又擔心她被壞朋友帶入歧途染上毒癮與疾病。姊妹倆的關係也在分分合合中經歷著跌宕起伏，過分家長式干預吳川的個人私生活最終導致了二人之間的分歧與兩敗俱傷。而發生在「我」身上的一次偶然事件卻完全改變了「我」與吳川之間的姊妹情。當「我」在購物中心把幾件試穿之後並不合身的衣服放回去時，商場裡的兩個女保安站在了「我」的面前，她們把「我」當成了偷竊衣服的慣犯，對「我」開始了一系列的侮辱性盤問。保安要「我」跟她們走，「我」當然覺得莫名其

20　嚴歌苓，《吳川是個黃女孩》（西安：陝西師範大學出版社，2009），頁16。

妙，直截了當地拒絕了她們的無理要求，沒想到她們竟不輕易罷休，「我」一再明確不想去，她們卻再三糾纏。

> 「怎麼了？」我問。
>
> 「去了你就知道了」。
>
> 我說：「我沒有義務跟任何人走。」
>
> 「你想讓周圍人看戲嗎？」
>
> 「你把話講清楚，你們要我去幹什麼？」我說。
>
> 「你還想要我們給你留點情面的話，就乖乖跟我們走。」長髮女子說。
>
> 「我不會跟你們走的。」我說。我身後人口十三億之眾的祖國讓我自信。我突然很想惹惹這兩個白女人：「你們也不必給我留情面，就在這對我宣判好了。」[21]

沒想到在遭到拒絕之後，她們竟然朝「我」左右襲來，居然用警棍對「我」實施了暴行。

> 「你們憑什麼打人？」於是再給幾棍子。我舉在空中企圖保護腦瓜的右手挨了一記，食指頓時腫得像根牛肉腸。現實已褪色，成了灰赭色的夢境。
>
> 她們得寸進尺，竟然要「我」脫下衣服。

---

[21] 嚴歌苓，《吳川是個黃女孩》（西安：陝西師範大學出版社，2009），頁50-51。

「把它脫下來。」短髮女子說。

我死也不會脫的。兩個白種女人要作踐一個亞洲女人，把她布滿醜陋傷疤的胸脯展露給她們取樂。我有人性和民族兩重尊嚴需要捍衛。她們坐在一張情人沙發上，我只能鞠著躬站在她們對面，屈辱夠讓我精神分裂了。[22]

「我」不願脫下衣服讓她們檢查，是不想讓自己身上的傷疤暴露在外人面前，所以「我」才懼怕脫衣對質，而她們卻誣衊說因為毛衣是從商場裡偷來的。雖然她們叫囂有「我」偷衣服的確鑿證據，但又不拿出來。「我」感覺自己的手指已經骨折甚至是粉碎性骨折。我強烈要求見她們的經理，試圖討回公道，結果經理非但不為人主持公道，更是羞辱讓「我」回到中國去。

我闡述了我如何挨了三棍子，手指很可能落殘疾。她一擺手，叫我閉嘴，表示她已知道我挨揍的經過。因為我抗拒，所以女安全員們不得不使用她們的工具。我說在中國逮人也得逮個明白。女經理一笑，說那就回中國去吧。[23]

[22] 嚴歌苓，《吳川是個黃女孩》（西安：陝西師範大學出版社，2009），頁51-52。

[23] 嚴歌苓，《吳川是個黃女孩》（西安：陝西師範大學出版社，2009），頁53。

她們相互之間低語了一會兒，告訴說給「我」十分鐘脫下偷來的衣服。

> 「八分鐘了。你想好沒有？脫不脫？」
>
> 「最後三分鐘。你不脫，我們就要對不住了。」
>
> 「脫了她的衣服。」女經理對兩個女保安說。[24]

以後發生的事情「我」已經記不清楚了，可能是拚命抵抗，警棍齊齊朝「我」打來，然後就不省人事了。她們從包中找到唯一的電話號碼，而那恰恰是妹妹吳川的電話，是吳川趕來把「我」送去了醫院急診室。「我」真是想不明白，為什麼不是別人，而偏偏只把「我」作為尋釁的目標？難道說，「一眼看去『我』比一大群搶購服裝的人更適合迫害？這是個著名的白人區，一個亞洲人顯得刺目？」[25]而那墨西哥女經理分明也是移民出身，卻對同為移民的「我」格外殘忍冷酷。嚴歌苓其實早已意識到，相同的移民身分，並不會讓老移民對新移民產生憐憫，反而會變本加厲地排擠新移民。美國政府彷彿也認識到這一現象，通過培訓老移民成為邊檢、移民局等公檢法機關的執法人員，讓他們將矛頭對準新移民，因為他們非但不會一視同仁，反而會對新移民更不留情。彷彿早已忘記自己當初是如何歷經千難萬險來到美國並在美國立足，不知道為什麼就不能對同病相憐之人多一些

[24] 嚴歌苓，《吳川是個黃女孩》（西安：陝西師範大學出版社，2009），頁54。

[25] 嚴歌苓，《吳川是個黃女孩》（西安：陝西師範大學出版社，2009），頁56。

惻隱之心。

在美國，這種針對少數族裔的種族歧視與迫害不勝枚舉，雖然處處高喊「種族平等」的口號、揮舞「保護人權」的大旗，但在真正的現實生活中，發生在少數族裔身上的不公平與不公正隨處可見。少數族裔作為整個社會中的「他者」，要想完全融入美國社會，除了要忍受白種人帶著有色眼鏡的審視外，也要同時接受其他少數族裔變相「他者中的他者」式的多重盤剝。「我」可能百思不得其解為什麼女保安以及商場女經理會挑中「我」作為尋釁的對象，白人惹不起，黑人不敢惹，也許華人的生性軟弱與息事寧人成了她們理所當然的藉口。非洲裔、拉美裔與西班牙裔合法與非法移民，同受主流社會的歧視，但當他們將矛頭對準亞裔時，不但絲毫不會手軟，反而變本加厲。例如，這些少數族裔中的某些壞惡勢力，認為亞裔特別是華人普遍富有，有隨身攜帶現金的習慣，而且性格懦弱即便被搶也很少反抗，因此華人往往成為被襲擊的對象。有人指望警察與法庭會為他們主持公道，警力通常極為有限而法庭有時也並非伸張正義的場所，誰的經濟能力更加豐厚，能夠支付高昂的律師費，誰的勝算也才更大一些。不出所料，雖然每星期都能收到律師的巨額賬單，但「我」不但因為負傷無法繼續工作，與商場之間的官司也毫無進展。接二連三的敗訴使「我」不得不將最後的希望傾注於媒體，而媒體也讓「我」深深地失望了。在這個號稱公平公正的國家裡，「我」的冤屈無處得到申訴，對有色人種的妄加迫害無處得以伸張。在一次次敗訴之後，既無法打贏官司，向媒體求助也訴之無門的一籌莫展中，吳川問道：「那幹嘛不回國？」其實，「盼望遠行的人是不快樂的人。盼望遠行是因為她（他）對故地不滿足，或深深地失望了，遠行或許能帶來轉機。可能轉機都不必，對一個深陷在失望的人來說，擺脫失望就已經是改善。我十多年前選擇遠行，證明我是個失望者」[26]。對祖國的失望與不滿意，才讓「我」選擇了離開家鄉，不遠萬里來到美國。然而，美國對少數族裔的包容度又讓「我」陷入了再一次失望的循環往復之中，難道可以選擇再次離開嗎？「我」又能何去何從呢。「我依戀芝加哥，可是難道我在十多年前不依戀故國故鄉嗎？我總是選擇遠行，或說遠行總是選擇我。」[27]

當失望無以復加，「我」最終決定離開殘酷的芝加哥重新來過時，妹妹吳川卻義無反顧地站出來用另一種方式為姊姊「我」討回了所謂的公道。實際上當吳川從把姊姊送到醫院急診室那一刻，就已經開始醞釀一個陰謀。如果沒有任何一個人、沒有任何一種方式可以幫助姊姊，那麼這個二十一歲的黃皮膚女孩將用自己的方式來為姊姊報仇雪恨。就在「我」出事的那家商場的停車場，那個女經理的車被砸壞，不但四個輪胎被劃爛，車上部的帆布敞篷也都被劃爛。而女經理在查看車況時被人從背後偷襲，醫生診斷為後顱骨破裂。我們當然不應該提倡妹妹吳川使用這種暴力行為去為姊姊申訴，冤冤相報何時了。然而，身在異國他鄉，出了這樣

---

[26] 嚴歌苓，《吳川是個黃女孩》（西安：陝西師範大學出版社，2009），頁61。

[27] 嚴歌苓，《吳川是個黃女孩》（西安：陝西師範大學出版社，2009），頁66。

的事情，除了一味地隱忍又能以怎樣的方式去討回公道呢？族裔之間的仇恨發生在自己的親人身上，眼看著落寞落魄、心灰意冷的姊姊要離開這個傷心都市，黃女孩吳川只能幹出傻事來援助姊姊了。雖然姊姊在去留問題上經歷了思想上的種種思索與重重矛盾，當「我」告訴吳川已經回絕別的城市的工作決定留在芝加哥時，她竟然高興地嗆住了。也許，在這個孤單的城市裡，姊妹之間的親情才是唯一能夠互相保護的救命稻草。這兩個作為少數族裔生活在美國的姊妹，若想繼續心如止水地生活下去，也只能彼此依靠去彌補身心上受過的創傷了。

哈金作為華人英文作家的代表，有著作為少數族裔在美國親身體驗的生活經歷。除了書寫大量赴美前關於中國意象的作品，近年來哈金也漸漸開始著眼於描述自己身邊每天面對的美國以及美國移民經歷的種種。美國雖然是一個移民國家，相對世界上很多其他國家來說，「大熔爐」的文化氛圍使移民們更容易適應當地生活，但儘管如此，少數族裔既要面對心理方面也要面對地緣方面的邊緣與漂泊狀態，在完全陌生的異質文化語境中克服種種壓抑，重新調整自己的心態以盡快融入美國社會，這其中不可避免地會出現各種自我與他者、理想與現實、希望與失望、故鄉與他鄉的文化衝突與碰撞。與湯亭亭、譚恩美、趙健秀等生在美國、母語為英語的土生派華人後裔作家不同，英語對於哈金來說，完全是一門外語獲得語，是一種明顯帶有族裔特徵的族裔化英語。而他不僅能夠熟練運用這種語言進行高產寫作，同時還能夠取得那樣令人矚目的成就，著實不得不讓人欽佩。

對於能夠叱吒於美國文壇的作家來說，英語實力不僅代表了自身的能力，也能體現出作家本人是否受過良好的教育、文學功底是否紮實；而少數族裔作家除了自身在語言方面的侷限性以外，在遣詞造句時則更要在標準化英語以及非標準化英語之間進行無數次抉擇，才能最終決定究竟哪種可以成為敘事語言。土生派作家趙健秀就曾明確提出華裔沒有選擇的權利，「黑人和墨西哥裔美國人，總是用非傳統的英語來寫作。他們特有的方言被認為是他們自己合法的母語。只有亞裔美國人被驅逐出了自己的方言。亞裔被要求熟練使用他們從來沒有使用過的語言和他們只是在英語書中見到的文化，白人文化剝奪我們的母語就是抹煞現存的美國華裔文化」[28]。而近期移居派華人作家一旦選擇使用英文來進行文學創作，他們中的一部分人極力迎合主流語言的表達習慣，使之更容易被主流讀者所接受；而另一部分人則無視這一潛規則，即使明明知道所使用的是族裔化英語也不刻意迴避，希望用語言方面上的異域特色引起讀者的關注。甚至有的學者主張族裔化英語敘事方式更具有不可忽視的價值，認為少數族裔作家完全沒有必要屈從於白人社會的壓力，「一個少數民族作家把他所想的和所相信的用語法結構和標點符號規範正確的漂亮英語來表達，是白人至上的表現」[29]。顯然，

---

[28] 徐穎果，《美國華裔文學選讀（第二版）》（天津：南開大學出版社，2008a），頁21。

[29] 徐穎果，《美國華裔文學選讀（第二版）》（天津：南開大學出版社，

對於哈金、閔安琪以及李翊雲等這些選擇用英語寫作的近期移居派華人作家來說，是否運用標準化英語創作似乎已經並不重要，英語讀者群對他們作品的心理期待已經根據外國人的標籤做出了相應的調整。用英語寫作體現了他們的對英語文化圈的普遍認同，華人移民以及移民的後裔在居住國開展新的生活，自然會形成一種與以前截然不同的全新身分，而毫無疑問，全新身分也需要全新的語言並以此作為開端。

哈金曾經說過，《自由生活》（*A Free Life*）是他迄今為止最為滿意的作品。這部長達三十三萬字的長篇小說，描寫了從中國大陸安逸生活中走出的一家三口，他們心存對新生活的期待與追求，還存有對未來不確定性的惴惴不安，就這樣踏上美國的土地。主人公武男在異國他鄉一切從零開始，通過自己的一步步努力，終於實現了夢寐以求的「自由生活」，然而卻並沒有感受到幸福與快樂。他與妻子和兒子的關係似乎都並不融洽，還一心一意念著活在自己內心深處的初戀女友。經過一連串的思想鬥爭，他逐漸意識到，「美國夢」原來只適合追求，而並不適合去實現。小說結尾，武男並沒有拋棄自己成為詩人的理想，克服了因畏懼而在寫作方面的止步不前，最終在詩歌創作的道路上找到了自己今後人生的方向。作品本身的主旋律雖然呈現了很多異域生活裡的困難、躊躇與彷徨，突出描寫新移民群體在他者社會成功立足的艱辛與不易，但整體的氛圍還是宣揚主人公那如野草般

2008a），頁23。

積極向上的奮鬥精神，鼓勵人們去追尋自己心目中的「自由生活」。

兒子濤濤從中國第一次飛往美國時，正好趕上1989年天安門事件前後那個時間段，多家航空公司取消了飛往北京和上海的航班，武男和妻子萍萍都沒有辦法飛回中國去接年僅六歲的孩子。武男已經在美國生活了三年，但似乎英文水平並無多大長進，他仍然無法發出英語裡的咬舌音，一張嘴就能讓人聽出外國口音。

> 「我們聽說他就在『澤』（這）班飛機上。」武男往往發不好中文裡沒有的咬舌音，總把th發成z。
>
> 「那他就應該在這班飛機上。」
>
> 「你有沒有『癟』（別）的辦法『嚓一嚓』（查一查）？」（筆者譯）

> "We were told **zat** he is on **zer** plane."Nan often mismanaged the interdental sound that the Chinese language doesn't have.
>
> "Then he should be."
>
> "Do you have **anozzer** way to check **zat**?" [30]

多次問詢未果的情況下，夫妻倆只能去酒店辦理入住手

[30] Ha Jin, *A Free Life,* New York: Vintage Books, 2007，p.4.

續然後再繼續回到機場等待。當他們看到一位穿著制服、貌似中國人的女工作人員走來，正覺得親切，彷彿又多了一絲詢問希望的時候，回答他們的卻只有「事不關己」的冰冷與淡漠態度。

她短壯的臉僵硬起來，搖著頭說：「要是問詢臺的小姐都幫不了你們，我也幫不了。」

萍萍急得發狂，用半通不通的英語懇求：「你請幫我們查一查。我們這麼就一個孩子，剛六歲。我三年沒見他了。」

「我說過了——我真的沒法幫你。我有我的工作，聽見沒有？」

武男也想懇求她，可那女子看上去很不耐煩，他就忍住了。她那眼睛裡，眼白多於眼黑，讓武男捕捉到一絲輕蔑。也許她知道他們是從中國大陸來的，懷疑他們到現在內心還是赤色的，如果不說赤到骨頭裡的話。[31]

Her stubby-chinned face stiffened. She shook her head and said, "If that lady at the desk can't do anything for you, I can't either."

Distraught, Pingping begged her in English, "Please check

[31] 哈金著，季思聰譯，《自由生活》（臺北：時報文化出版有限公司，2008），頁7-8。

> it for us. He is our only child, just six year old. Three years I didn't see him."
>
> "Like I said, I really can't help you. I have work to do, okay?"
>
> Nan wanted to plead with her too, but the woman looked annoyed, so he refrained. In her eyes, which had more white than black, Nan had caught a flicker of distain, probably because she knew they were from mainland China and suspected they were still red inside, if not red to the bone.[32]

很多中國人在異國他鄉看到同是黑頭髮、黃皮膚的東方面孔，「他鄉遇故知」的親切之情不由自主地溢於言表，然而對方很可能並不會也產生相同的情感共鳴。雖然愈來愈多的生於美國的華裔ABC（American Born Chinese）不想再做「香蕉人」（本是華裔黃皮膚，生活在國外，但內心已經被西方同化，具有白人的思維方式，像香蕉一樣「外黃內白」），而逐漸開始向「芒果人」（本是華裔黃皮膚，生活在國外，而內心還是中國人應有的東方思維方式，像芒果一樣「外黃內也黃」）轉變。但是，我們不得不承認，仍然有很多早期中期移民及其後裔，非但不會幫助新移民，反而流露出對他們的種種蔑視甚至視而不見。這看起來似乎讓人費解，如果說美國本土白人黑人對異國移民有仇視排擠的情

[32] Ha Jin, *A Free Life,* New York: Vintage Books, 2007，p.5.

緒，雖不應當但仍能令人理解的話，同宗同源的華人之間也存在著這種顯而易見的歧視，則著實讓人無言以對了。當武男帶著妻子萍萍和兒子濤濤來到中國城的一家廣東餐館吃飯，華人女服務員輕車熟路地引領他們找到座位坐下，她一邊幫助他們倒好茶，一邊開始打量他們，

> 她疑惑地打量了他們一眼，好像不明白他們幹嘛到這個地方來吃飯。她一定看出來他們是從中國大陸剛來的FOJ（才下飛機的人），這樣的人為了省錢是不會吃館子的。[33]

> She glanced at them quizzically and seemed to be wondering why they are dining at such a place. She must know they were FOJs- fresh off the jet- who would scrimp on food to save every penny.[34]

餐館的女服務員，並不屬生活在社會上層的群體，但因為赴美時間比新移民久，就認定他們肯定沒有錢也不會捨得花錢去餐館吃飯，頭腦裡的思維定式已經將他們一家三口定位在了她所認同的草根階層之上。同為華人，卻用移居時間把新移民區別對待，將他們作為他者分割開來。的確，有很

[33] 哈金著，季思聰譯，《自由生活》（臺北：時報文化出版有限公司，2008），頁13。

[34] Ha Jin, *A Free Life*, New York: Vintage Books, 2007，p.10.

多大陸新移民作為底層勞工初到美國，經濟上不寬裕，語言又不通，為了擺脫經濟上的困擾不得不忍辱負重在陌生的國度從事各種底層行業，但因此就藐視所有看起來像新移民的群體則未免太過以偏概全，忽視了整個新移民階層千差萬別的多樣性。武男明明已經感受到了侍應生眼神裡的鄙視，他無法改變別人的想法，即使有的菜名不知所云也忍住不問，能夠回應的方法也只能是，

> 有意不去點便宜的菜，儘管他不知道「麻菇雞片」和「海鮮豆腐煲」都是什麼味道。[35]

> He avoided the cheaper dishes on purpose, though he had no idea what "Moo Goo Gai Pan" and "Seafood and Tofu Casserole" tasted like.[36]

眾所周知，美國是個移民國家，擅長將所有文化兼收並蓄，如同他們自己所說的「大熔爐」一般。膚色的不同，使得華裔／亞裔在美國社會的同化過程中，無法像白種人移民群體那樣不費吹灰之力。黃皮膚使華人及其後代的自我文化身分充滿了矛盾色彩。即使他們自認為是地地道道的美國人，實則「既非中也非美」的邊緣身分使華裔移民極易在不

---

[35] 哈金著，季思聰譯，《自由生活》（臺北：時報文化出版有限公司，2008），頁13。

[36] Ha Jin, *A Free Life*, New York: Vintage Books, 2007，p.10.

知不覺中迷失自我，遠離中國傳統文化根源，又面臨種族歧視，得不到主流文化的承認，成為沒有歸屬的邊緣人[37]。學者金伊蓮在美國一直被當作亞裔人對待，她總是自我安慰道：「我是韓國人。」而當她真正踏上韓國的土地時才意識到，自己原來根本就不是韓國人，也沒有韓國人認同她的韓國人身分，而都把她當作一個美國人。移民的他者屬性，使他們不論在出發地還是在僑居地都不得不面對邊緣的尷尬境地。作為少數族裔，他們不僅對當下境況未知，他們的未來也難以預料，如果上天眷顧一切順利的話，能夠成功實現自己的美國夢；而畢竟還有更多的移民即使付出了辛勤的勞動，也難以在移居國站穩腳跟。

當武男從機場接回濤濤，回旅館的路上，他不禁思索到自己和兒子今後的人生，兒子自幼在美生活，肯定終將會同化成為美國人，但他的確也為自己的未來感到憂心忡忡，不知道應該何去何從。他不得不將更多的期待寄予在兒子身上，希望通過兒子實現「美國夢」。

> 可是他自己又會如何？他對自己的將來一點也不確定，也不知道自己的後半生該怎麼過，但是他考慮更多的是他們必須生活在這個國家，讓兒子成為一個美國人，無論如何，兒子一定要過上和父母不一樣的

37 呂曉琳，〈構築想像中的共同體——論《喜福會》中的文化身分認同〉，《現代語文》2010年11月上旬刊（曲阜：現代語文雜誌社，2010），頁158。

生活，把這塊土地當成自己的國家！[38]

He was uncertain of his future and what to do about his life. Yet now he was all the more convinced that they must live in this country to let their son grow into an American. By any means, the boy must live a life different from his parents' and take this land to be his country![39]

武男的初衷是好的，不惜一切希望兒子終有一天融入美國社會，成為真正的美國人。雖然自己的未來前途未卜，但至少後代的命運能有所著落。然而，他並沒有考慮到在融入的過程中可能要付出的代價，美國社會是否會像他所期待那般徹頭徹尾地接受濤濤變成真正的美國人。正如趙健秀在身分認同方面所感同身受的那般：「我不是中國人，而被認為是美國化了的中國人，十幾歲來到美國並定居下來，從文化、心智、情感各方面都與在美國出生的華人毫無共同之處。在我和中國移民之間，沒有文化和心理的橋樑來進行溝通，只有社會和種族的壓力勉強將我們連在一起。」[40]趙健秀在美國出生，確實認為自己其實和華人／華裔的聯繫只存在於社會和民族的壓力，而這些聯繫是應該被打破的。這些

---

[38] 哈金著，季思聰譯，《自由生活》（臺北：時報文化出版有限公司，2008），頁12。

[39] Ha Jin, *A Free Life*, New York: Vintage Books, 2007，p.9.

[40] 徐穎果，《跨文化視野下的美國華裔文學——趙健秀作品研究》（天津：南開大學出版社，2008b），頁12。

也只能是他自己烏托邦式美好的想像，因為即使他是美國出生的ABC，與華人千絲萬縷的聯繫也是終生無法消除的，就像出生時隨身而帶的胎記，並不能受自己主觀意志的改變而改變。與生俱來的民族文化之根，即使被百般否認，妄圖洗白，仍然會根深柢固地存在於靈魂深處。法儂曾對民族身分做出這樣的解釋：「一種民族文化並不是一段民間傳說，也不是抽象的民粹主義。民族文化所代表的是人們真實的本質。它不是由毫無價值的行為構成的、沒有生命力的陳滓爛渣，所謂毫無價值的行為就是指那些與人們的現實生活聯繫越來越少的行為。一種民族文化是人們在思維的領域對如何描述、評判和讚賞某種行為的一種整體性的努力，通過這種努力，人們創造了自身並延續著自身的存在。」[41]

而新移民作為少數族裔的民族文化身分，更是無法消解的。融入當地社會的經濟精神壓力，使他們大都暫時患上「失語症」，無法發出自己的聲音。這也正驗證了斯皮瓦克在對權力機制與主體地位的探討中所得出的結論，底層人不能說話。武男用帶有濃烈中式口音的英文解釋自己以前在中國是如何好鬥：

> 在中國，我每天都想跳起來，和什麼人幹一張（仗）。汽車上，餐館裡，電影院裡，不管我去哪兒，我都想打架。在澤（這）裡要為生存而奮鬥，可是我

[41] 任一鳴，《後殖民：批評理論與文學》（北京：外語教學與研究出版社，2008），頁39。

不想跟任何人打架了，好「強」（像）我喪了氣。[42]

In China every day I wanted to jump up and fight wiz someone. On buses, in restaurants, and in movie theaters, anywhere I went, I wanted to fight. Zere you have to fight to survive, but here I don't want to fight wiz anyone, as eef I lost my spirit.[43]

而現如今在美國，隨著環境的改變，他不知不覺地變得更加平和與冷靜，因為就連他自己也無法預知在未來與前方將會發生什麼事情，好鬥根本無法解決任何實際問題，也就更談不上有任何意義了。沒有人會真正在意他所吶喊呼籲的東西，雖然本身肢體健全，卻覺得自己好似殘廢一般。

吵架和大喊大叫在這裡有什麼用？誰在乎我發出什麼聲音？我喊得越響，就越把自己弄成個大傻瓜。我在這裡感覺自己就像一個殘疾人。[44]

What good would fighting and yelling do here? Who cares what noise I make? The louder I shout, the bigger a fool I'll

[42] 哈金著，季思聰譯，《自由生活》（臺北：時報文化出版有限公司，2008），頁51。

[43] Ha Jin, *A Free Life*, New York: Vintage Books, 2007，p.52.

[44] 哈金著，季思聰譯，《自由生活》（臺北：時報文化出版有限公司，2008），頁52。

make of myself. I feel like a crippled man here.[45]

眾所周知，「對於主流或強勢主體而言，並沒有什麼屬性問題；存在身分不確定性或認同危機的，總是那些邊緣或弱勢群體。我們生活在這個世界上，移民、弱勢群族、文化差異已是全球化現象的，屬性／身分認同問題的複雜多變及其由認同危機帶來的社會問題也越來越突出」[46]。大多數新移民因為政治、經濟等因素而選擇移民，因此在華人作家的作品裡出現的男女主人公作為少數族裔在美國發展謀生，不得不處處表現屈從的一面，需要不斷調整自己來適應全新的環境，正如武男所說：「他們現在是在美國，除了妥協別無他法。」[47]（They were in America now and had to compromise.[48]）他們非但難以發出自己的聲音，即使能夠發聲也沒有人會在意傾聽。除了退步與妥協，不知道還能做些什麼。

第二節　雙重他者性與女性主義話語

斯皮瓦克在談到失去權利的新舊流散他國的婦女時指出：「她必須把全部精力放在成功植入或插入經常以舊國家的身分出現的新國家政府中，她是全球公共文化私有化的具

[45] Ha Jin, *A Free Life*, New York: Vintage Books, 2007，p.51.

[46] 朱立立，《身分認同與華文文學研究》（上海：上海三聯書店，2008），頁120。

[47] 筆者譯。

[48] Ha Jin, *A Free Life*, New York: Vintage Books, 2007，p.52.

體體現：真正的移民行動主義的正當主體。她也許還是舊的國家更嚴重的、暴力的男權體制的受害者——這是民族主義帶給婦女的悲哀。」[49]移民女性儘管曾在出發地國家受過男權體制侵害，來到居住地國家之後，雖然仍不可避免地受到來自移居社會以及男性社會的雙重排斥，但這些都並不妨礙她們成為移民行動主義的正當主體，而且很多時候大有在各方面趕超移民男性的新趨勢。早期移居美國的女性群體與中期近期移居美國的女性群體在成分結構、移居目的、發展方向等各方面均有很大不同，因此在探討此問題時也應該區別對待。

早期移民（男性為主）來到美國後，所從事的行業大都為重體力工作，他們的父母、妻兒、家人等則大都被遺留在中國的家中。由於丈夫常年在外，妻子們不得不在家庭中承擔比一般妻子更多的角色——耕田勞作、撫育子女、贍養公婆，而她們唯一所期盼的是遠在美國的丈夫能夠寄錢回家，以負擔家裡的各種開銷與支出。這些婦女中運氣好的，能夠及時收到丈夫寄來的錢，並能在一生盼望中與丈夫見面兩、三次；而不幸的話，就只能在杳無音訊中默守空房，孤獨終老，暗自忍受「守生寡」的痛苦。對比生活在中國的那些留守家庭婦女，跟隨華人丈夫移民美國的妻子同樣避免不了悲慘的命運，她們不得不承擔更多家庭內部勞動，如果家裡開設有餐館、洗衣店等各式小作坊，除了家務勞動還要忙

[49] 佳亞特里．斯皮瓦克著，陳永國、賴立里、郭英劍主編，《從解構到全球化批判：斯皮瓦克讀本》（北京：北京大學出版社，2007），頁287-288。

於幫襯生意。因襲中國舊式傳統及其中「男尊女卑」的封建舊習，家庭總體格局仍然遵循「男人在外養家，女人在內持家」的內部分工模式。隨著社會化和工業化的進步，愈來愈多的中期近期移居女性及其後裔受教育程度不斷提高，精神上經濟上的獨立程度也隨之提高。而中期近期大部分華人在移民之後，由於求學、經濟及各方面原因，家庭中原有的「男外女內」內部權力分配格局不得不被打破，女性也肩負起與男性同樣的家庭重擔，這似乎也並非壞事，反而使女性在社會分工中平添更多選擇上的優勢，為華人女性拓展視野看世界贏得了機會。男女性別角色的轉變，使移民女性並不過於依賴男性，她們追求性別平等，挑戰性別歧視，家務分配及父權壓迫。

華人作家筆下的那些難以述說的「漂泊感」、「無根意識」和「尋根意識」，那些充滿張力和複雜情感的華人新社區的「生存意識」、「創業淚」與「生根意識」，以及在多樣文化複雜環境中的雙重身分、雙重語言、文化情結與文化調整，這一切已構成了海外華人的生命潛流，推動了異質文化語境中對生命力張揚的書寫[50]。在美國進行文學創作的近期移居派華人華文作家和華人英文作家中，從人數上講總體而言還是女性居多。一方面，男性移民赴美之後，需要面臨養家糊口的壓力，如果全身心全職投入到寫作中去，難以維持生計，經濟壓力所產生的精神上的煎熬恐怕也使他們

[50] 蕭薇，《異質文化語境下的女性書寫——海外華人女性寫作比較研究》（成都：巴蜀書社，2005），頁4。

難將寫作事業繼續下去，像哈金、裘小龍這樣能夠一舉成名的男作家畢竟還是少數。而女性在這方面的壓力相對要小一些，她們中僅有少數將寫作視為主業，絕大部分是在自己興趣愛好的基礎上進行發揮，如果確實有文學方面的天資與潛力，才會一直有恆心、有毅力將創作事業進行下去；還有的因為赴美生活寂寥無趣，交際圈不廣，無限內心話語無處傾訴，也會選擇將自己的各種心路歷程訴諸筆端。在對照華人華文作品與華人英文作品時也不難發現，不管是華人華文小說抑或華人英文小說，作品中對中國大陸主題的敘述，對女性的不公正對待和悲慘命運大都緣起於大陸語境裡的中華舊文化舊習俗，批判舊習、爭取男女平權成了大部分創作的主題。反觀對美國移民故事的描寫中，種族／性別被雙重邊緣化的華人女性，在家中受到父權夫權的壓制，社會上又有來自白人男權社會中的不公對待，傷害是種族與性別雙重的。華人華文小說在講述這些故事時，立場更堅決澈底，描寫也更鮮明細緻；而華人英文小說在講述這些故事時，相對於種族與階級他者化來說，對女性的歧視不平等大都只做虛掩，是一掠而過、隱晦不透明的。這也正驗證了阿普菲爾－馬格林（F. Apffel-Marglin）在《女性主義的東方主義與發展》（*Feminist Orientalism and Development*）中所談到的「種族大過性別」觀點，白人男性可以在自己本國壓迫白人女性，然而來到第三世界國家，他們反而樹立白人女性的先進形象，使第三世界女性視她們為榜樣。「白人女性在國內雖然反抗白人男權統治，但到了海外，她們卻成為殖民統治的幫兇。在這裡，種族大過了性別。」[51]

查建英在《叢林下的冰河》中描述國人對「我」放蕩不羈的舉動的評價時寫到：

> 不久城裡留學生同胞中就傳開不冷不熱的一堆話。什麼比洋人還洋、給中國人丟臉、作風令人作嘔等等，後來又從抽象走向具體，出了諸如穿著比基尼和老美一起曬大腿之類的花絮，連Toyota也給攪進去，成為我無恥洋化的有力佐證。「買了汽車好去餐館端盤子！」一個拿官費獎學金的學者悻悻地說。他正節衣縮食地攢錢買回國帶的幾大件。端盤子太寒酸，買汽車又太糜爛。[52]

主人公「我」到美國的時間相當早，早於留學大潮洶湧氾濫之前，中國剛一開放，就邁出了國門隻身遠赴太平洋彼岸。但「第一腳踏上美國土地，就口鼻清爽，行走如飛」[53]，這裡暗示了美國的自由化氣氛讓「我」如虎添翼，使「我」不知不覺喜歡上了這個地方，也或許「大約我骨子裡期盼著脫胎換骨，做個瘋癲快樂的西洋人吧」[54]。美國男友捷夫在帶「我」參觀美國的監獄時，竟然發現這裡沒有

---

[51] 趙稀方，《後殖民理論》（北京：北京大學出版社，2009），頁97。
[52] 查建英，《到美國去！到美國去！》（北京：作家出版社，1994），頁118。
[53] 查建英，《到美國去！到美國去！》（北京：作家出版社，1994），頁101。
[54] 查建英，《到美國去！到美國去！》（北京：作家出版社，1994），頁117。

政治犯，不會有人因為說錯了得罪官方的話被關進這裡喪失人身自由，這對剛剛活生生經歷過文革的「我」來說，怎能不算是真正的發現，難怪友人問是否喜歡這兒時，「我點頭：『還可以。』『還可以』是我的慣用語。其實心裡想的是『挺喜歡』。但何必把話說得太絕對呢，顯得那麼不老練」[55]。而相對於美國朋友之間的不拘小節，同胞客人的做法是截然不同的。有一次「我」邀請一位新認識的留學生國人同胞去家裡做客，當他目睹了美國朋友一個個上來與「我」擁抱並很響亮地接吻後，慌忙逃離現場，「那神情如隔岸觀火。我邀他入夥，他支吾良久，下巴扭來扭去好像牙疼，終於扯扯領帶走掉了」[56]。「我」喜歡今朝有酒今朝醉，即使擁抱親臉蛋也無所謂，受不了忸忸怩怩和惺惺作態，而恰恰這些個性外揚的東西，在中國傳統文化中都屬不被提倡的。果然正如「我」意料之中的那樣，好事不出門，壞事傳千里，流言蜚語在國人朋友圈之中沸沸揚揚。同胞用他們從中國隨身攜帶的那套價值觀，毫不留情地對「我」實施了道德綁架。雖然作者查建英並沒有在小說中明確指出到底是男性還是女性同胞對「我」在美國的行為指指點點，但毫無疑問他們應該是屬同一陣營的，即用老一套三從四德、端莊賢淑那些禁錮中國女性的傳統思想和道德觀念去評判一個中國女留學生的言行。來自於父權、夫權雙重思想壓迫，「中國」和「女性」這兩個關鍵詞試圖同時規範「我」假洋

55 查建英，《到美國去！到美國去！》（北京：作家出版社，1994），頁112。
56 查建英，《到美國去！到美國去！》（北京：作家出版社，1994），頁117。

鬼子的所作所為。

女性身分既具有普遍性，又具有一定的特殊性。除了因為生理標籤將她們歸為女性群體之外，還因為身體自身的諸如膚色、族裔等其他特徵，被區分為白人女性、黑人女性、華人女性之類的不同種族，並被賦予與這些種族相應的身分，相同種族的女性又站在相似的「種族境遇」怪圈中。除此之外，女性還同時會因在社會經濟地位上的不同，被劃分至不同的社會階級中去，被賦予此階級的身分和地位，並因這個階級身分而自然地和其他同階級的人都處於相似的「階級境遇」怪圈中[57]。在不同的種族文化中，男女兩性之間、女性與女性之間的性別分類與社會地位是有所不同的。作為男性世界中的他者與異域文化中的他者，華人女性在東西方文化碰撞及建構自我身分認同的過程中並沒有自怨自艾，反而能夠像野草一般具有蓬勃向上的生命力與活力。新國家新的社會形態中的政治經濟文化因素激勵華人移民女性自我覺醒以及對自我價值的新發現，女性主義風潮中婦女解放及女權思想的影響，也促使新一代華人女性去釋放被壓抑已久的女性能量。

哈金在《自由生活》裡特意提及了華人男性在移民到美國之後，表現出特有的那些「小男人」特質。這些沒有骨氣的「小男人」雖然現在身處美國，但還是生活在過去移民之前的影子裡。中國女性中的絕大多數本身骨子裡並沒有非要

[57] 王虹，〈性別、種族、階級與女性解放〉，《社會科學研究》2010年第5期（成都：《社會科學研究》雜誌社，2010），頁100。

成為女強人的野心，但「小男人」的不作為無奈將她們推向社會的風口浪尖，迫使她們獨立面對社會責任的暴風驟雨，獨當一面。

> 這些「沒有骨氣的男人」，不能適應這裡的生活，光會在他們的妻子和女朋友身上撒氣，把自己的失敗歸咎於美國。在愛國主義和維護中國文化的托詞下，他們拒絕向其他文化學習任何東西。對他們來說，連美國的鹽都沒中國的鹹。一說美國，他們只知道脫衣舞酒吧、賭場、妓女、MBA、CEO；他們在其他種族人群中沒有朋友，也拒不學英語。他們就像陷在缸裡的螃蟹，互相踩踏，誰也爬不出去。[58]

> These "spineless men", unable to adapt to the life here, would vent their spleen on their wives and girlfriends and blame America for their own failure. Under the pretext of patriotism and preserving Chinese culture, they'd refuse to learn anything from other cultures. To them, even American salt was not as salty as Chinese salt. All they knew about America was strip bars, casinos, prostitutes, MBAs, CEOs; they had no friends of other races and refused to learn English. They were like crabs trapped in a vat, striving against one another,

---

[58] 哈金著，季思聰譯，《自由生活》（臺北：時報文化出版有限公司，2008），頁275-276。

but none could get out of it.[59]

「小男人」堅信不是因為自己沒有能力，而是殘酷的移民現實讓他們落入如此悲慘的境地。如果不移民，他們可是還在繼續過著呼風喚雨的生活。所以現在除了發發牢騷，偶爾活在既往美好生活的回憶裡，好像也沒有什麼他們能夠做並且擅長的工作了。我們不得不承認，部分東方男性，在移民到其他國家之後仍然不願意改正妄自尊大、目中無人的個性，在異域資本主義社會的激烈競爭中逐漸被淘汰，他們從不嘗試改變自己，卻變得愈來愈懦弱無能，並且愈演愈烈。他們無法適應全新的移民生活，鬱鬱不得志，卻能把自己的不順意，歸咎並遷怒於家人，在家人面前作威作福。要知道，語言或者行為上對家庭成員進行冷暴力甚至暴力相向，在中國可能僅僅被看作是家務事，在美國可是嚴重違法的行為，隨時可能被法院拘留。無條件的保護令則禁止其回家並接近家人，跟家庭完全隔離。尹曉煌也曾專門討論過華人移民社會中男女地位的變化，並把這種變化歸納為女性之「崛起」與男性之「衰退」。華人男性與女性在美國社會中命運變化之鮮明對比，揭示了華人移民家庭的新現實。研究跨國移居華人生活的專家指出，移民他國常常會改變華人家庭原有的權力分配與性別角色，致使女性在社會和經濟活動方面有更多的選擇。事實上，美國的環境給女性提供了較多

[59] Ha Jin, *A Free Life*, New York: Vintage Books, 2007，pp.285-286.

的就業機會，從而相對能夠提高華人婦女在家庭中的地位。因此，男性在故土時地位高於女性之上的狀況已一去不復返[60]。

嚴歌苓在短篇小說《女房東》中這樣描述跟隨妻子赴美的四十八歲華人男性老柴，這位中年男性照鏡子時偶然發現了自己額頭上出現的老年斑，不禁陷入對自己與前妻之間往事的回憶中。

> 老年斑是老婆跟他離婚後出現的。老婆把他辦到美國，給了他兩千塊，就走了。連一覺也沒跟他睡。他一直配不上這個老婆的，跟她過的十幾年，睡的十幾年覺，都該算他白賺，都不該是他名分下的，他名分下不該有這個能幹、高頭大馬、不醜的經濟學碩士老婆。……老婆走得非常理粗：我又不是跟別的男人走的。恰是這一點，最讓他想不開：不跟別的男人，何苦要走？難道我比「沒男人」還次？！[61]

老柴來到美國之前，在中國是搞園林設計的。他曾給幾家賓館搞園藝設計，然而來了美國之後，無法從事自己的專業，除了晚上幫助餐館送外賣以外，白天也去學校參加學習。但是，對於學業的進展，卻似乎並不在意，只是為了混

---

[60] 尹曉煌著，徐穎果主譯，《美國華裔文學史（中譯本）》（天津：南開大學出版社，2006），頁237。

[61] 嚴歌苓，《少女小漁》（西安：陝西師範大學出版社，2012），頁190。

日子罷了。而妻子移民之後，各方面遠比他更成功，所以才能理直氣壯地甩給他分手費，開始自己的嶄新生活去了。老柴百思不得其解，妻子並非因為愛上別人有了第三者才會跟他離婚，他的自信感完全跌至谷底，自己怎麼會比「沒有丈夫」更糟糕。他雖然渴望愛情，離婚後也交往過女友，但窮困潦倒的現狀只能屈從於孑然一身。面對強勢的前妻，他也很難做到強硬拒絕，在前妻來舊金山辦事時，他雖然並不心甘情願，但還是抹不開面子陪了前妻，充當司機，載她去這裡那裡逛街吃飯。對於已經在中國事業有成的男性移民來說，放棄原有的事業在美國一切從頭再來，確實不易，在自己的心理上、經濟上和社會地位上都容易產生極大的落差。有些人願意再接再厲，重新迎接新的挑戰；還有一部分人則一蹶不振，自我放棄。像老柴那樣仍然願意去成人大學學習的實屬少數，儘管他也沒有野心一定要學好，絕大多數他那樣年紀的中年男性都已經選擇自暴自棄了。

華人女性也面臨同樣的壓力與問題，但她們的選擇範圍和選擇餘地則明顯要更多。綠卡和身分問題一直是困擾華人移民的一個大問題，在美國創下一片事業的前提條件首先是要能夠合法地永久居留下來，不用再理會簽證到期所帶來的麻煩與窘迫。除了通過學習、創業等合法方式赴美的新移民，不排除也有一些通過偷渡、政治避難等途徑到達美國的移民，他們想要解決自己處於邊緣夾縫狀態的身分問題，則必須想盡各種辦法。女性移民通過婚姻騙取綠卡，然後再幫助自己的丈夫／男友也獲得在美的合法身分，種種個例不勝枚舉。

嚴歌苓作品《少女小漁》中的主人公小漁與江偉即是這樣的典型。江偉以前曾是全國蛙泳冠軍，小漁以前也有一份護士的體面工作。兩人赴美後開始了同居生活，江偉上午工作下午上課，而小漁則一整天都在打工只有週末才去學校上學。兩人只有晚飯時間才能碰頭交流，他們往往談論的共同話題也僅有一個：「等有了身分，咱們幹什麼幹什麼。那麼自然，話頭就會指到身分上。江偉常笑得乖張，說：『你去嫁個老外吧！』」[62]他們的美國生活辛苦但充實，然而身分問題卻成了無法擺脫的魔咒，阻礙他們在美國立足發展，彷彿永久居留的身分是通往一切幸福的源頭。當二人在付了一萬五千美金順利地讓小漁與有美國身分的七旬義大利老人成婚後，江偉卻對小漁來了一百八十度的轉變，他的情緒起伏不定，讓人懷疑就算真正等到小漁離婚獲得綠卡，是否能盼來他們精神世界中憧憬的幸福。小漁發現江偉是如此地不快活，甚至有些惡毒的可怕，他本是有血性的一條硬漢，而現在卻變得陰險無賴，

> 拜拜，老不死你可硬硬朗朗的，不然您那間茅房，我們可得去占領啦……[63]
>
> 當晚回到家，江偉叫她去把口紅擦擦乾淨。她說哪來的口紅？她回來就洗了澡。他筷子一拍，喊：

[62] 嚴歌苓，《少女小漁》（西安：陝西師範大學出版社，2012），頁4。

[63] 嚴歌苓，《少女小漁》（西安：陝西師範大學出版社，2012），頁7。

「去給我擦掉！」小漁瞪著他，根本不認識這個人了。[64]

但無論小漁怎樣溫存體貼，江偉與他從此有了那麼點生分；一點陰陽怪氣的感傷。他會在興致很好時冒一句：「你和我是真的嗎？你是不是和誰都動真的。」他問時沒有威脅和狠勁，而是虛弱的，讓小漁疼他疼壞了。他是那種虎生生的男性，發蠻倒一切正常。他的笑也變了，就像現在這樣：眉心抽著，兩根八字紋順鼻兩翼拖下去，有點尷尬又有點歹意。[65]

現實的殘酷使得江偉這樣一個生龍活虎般的男子漢變得懦弱與猥瑣，處處表現出無力感，他無法保護自己的戀人，被人起鬨嘲諷成「鍾馗嫁妹」、「范蠡捨西施」這樣的人物。因為擔心移民局的突擊檢查，兩人深深相愛，卻不得不過著牛郎織女般分離的生活。總之，美國移民生活並沒有給他們帶來所謂的幸福，反而使他們淪落到這種以前在中國想都想不到的荒誕境地。而當小漁終於可以和老人解除婚約重新回到江偉的懷抱時，二人的感情也已經到了瀕臨決裂的邊緣。嚴歌苓對江偉、小漁、老人的描述是直接而生動的，讓人不禁能夠感受到每個人物情感上的痛楚與無奈，似乎沒有人譴責故事裡「騙取綠卡」的犯罪違法行為，而只能體會到因為身分的隱晦性所帶來的現實困境與人格分裂。作者並沒

[64] 嚴歌苓，《少女小漁》（西安：陝西師範大學出版社，2012），頁7。

[65] 嚴歌苓，《少女小漁》（西安：陝西師範大學出版社，2012），頁8。

有直接向我們呈現小說的完整結尾，給予讀者開放的空間去對後續的故事開展想像，但在經歷了這樣的事件之後，小漁大半會選擇離開江偉，情感上的裂痕是一方面，更令她難以接受的恐怕是江偉遇事所表現出來的冷酷與渺小；前路也許不知何去何從，但小漁在美國的土地上有權利去追尋屬自己的新的命運。

《花兒與少年》中的徐晚江和洪敏亦是如此。為了能去美國，能有更好的生活，徐晚江明明和洪敏仍然相愛，在中國有著令人羨慕的幸福家庭，卻仍然為了物質享受，橫下心來嫁給年長她三十歲的瀚夫瑞。而與其說瀚夫瑞是因為愛晚江才和她結婚的，倒不如說是為了找到照顧自己餘生的全職保姆，他將晚江作為自己的私有財產圈養起來，供自己觀賞與利用。二人各有所需並各取所需，都難逃自私自利的指摘。晚江來美國之後的十年間，除了如魚得水般適應了美國的悠閒主婦生活，也一步步逐漸把女兒仁仁、兒子九華甚至前夫洪敏全都申請到了美國，從此不得不瞞著瀚夫瑞過上了一種雙重生活。這隱含了晚江既想擁有自己想要的美式生活，又無法擺脫以前中國方式的生活，只能在中美的邊界地帶過起自己邊緣的人生。她一方面擔心害怕瀚夫瑞發現自己暗地一直與前夫和兒子有聯絡，一方面又無法拒絕前夫洪敏那熾熱的愛。無奈丈夫瀚夫瑞是個疑心重且占有欲特別強的人，晚江不得不時時刻刻提心吊膽擔心自己的祕密被發現。

作者嚴歌苓自己的真實美國生活經歷，也使她在刻畫作品人物的同時，強調女性比男性更易於適應異域新環境、開始新生活。兒子九華從一到美國開始，就無法滿足繼父的要求，他不僅不能發出正確的「謝謝」（Thank）發音，禮儀舉止上的不得體也讓繼父覺得無比失望，「跟一隻狗口乾舌燥說那麼多話，牠也不會這樣無動於衷」[66]。瀚夫瑞從未在心底真正接受過九華，否則也不會將他與動物進行比較。相比之下，女兒仁仁從剛滿四歲在機場見到繼父時就能伶牙俐齒地博得他的喜愛，即使瀚夫瑞糾正她的發音，也完全無所謂，並不會覺得瀚夫瑞當眾給她難堪。仁仁的氣度很大，在她看來，「家也好美國也好，都是她的」[67]。兒子九華就沒有那麼幸運了，他逐漸愈發不能適應美國的學校生活以及繼父家的家庭氛圍，選擇了輟學搬走獨立門戶。他開著買來的二手卡車送盒飯，時不時地還要忍受著母親的嘮叨：「沒事看看書，聽見沒有？不然以後就跟你爸似的。」[68]

前夫洪敏在美國只能在華人開的夜總會教六十幾歲的中老年女性交誼舞，而且只能躲在背後通過學員的幫助，才敢給與瀚夫瑞生活在一起的晚江打電話。他的美國生活確實過得比較窩囊窩火，當年如果不是洪敏的慫恿與鼓動，「去美國，嫁有錢男人，現在哪個女人不做這夢？這夢掉你頭上來了，擱了別人，早拍拍屁股跟他走了」[69]，也不會出現以後發生的一切。洪敏當時的想法，僅僅只是要讓晚江過上物

---

66 嚴歌苓，《花兒與少年》（北京：崑崙出版社，2004），頁13。
67 嚴歌苓，《花兒與少年》（北京：崑崙出版社，2004），頁9。
68 嚴歌苓，《花兒與少年》（北京：崑崙出版社，2004），頁15。
69 嚴歌苓，《花兒與少年》（北京：崑崙出版社，2004），頁47。

質充裕富足的生活，讓她得到各種無法滿足的物質需要。他知道，無論自己如何奮鬥，都無法給予晚江各種生活上的體面，而他也因此忍受著內心的煎熬，並為此付出了沉重的代價。萬萬沒想到多年之後卻只能過著妻離子散、家不成家的生活。

華人女性在離開中國之前，可能無論如何難以預料，竟然還可以通過婚姻作為捷徑找到跳板，輕易來到美國並且合法居留下來。而與此恰恰相反，男性們貌似並不容易找到這樣的機會，所以只能依賴妻子或戀人。兩部小說中的男主人公江偉和洪敏都是如此，而且他們還是促成事件發生的催化劑。沒有他們，女主人公們似乎難以下定決心放棄舊有生活貿然赴美。然而，即使是全家人都已經按照預先計畫安排的那樣全部順利抵達美國，男性移民由於並不能得到美國求職市場的青睞，再加上語言不通又沒有一技之長，使他們根本無法立刻順應美國不同於中國的生活方式和生活節奏。

美國華人小說涉及這一特徵的作品還有很多，艾米在小說《欲》裡這樣描寫過小張的不幸遭遇，小張本來一表人才，家境又好，再加上在中國大陸是體面的醫務工作者，被前妻追求也不足為奇，可是到了美國，一切就全都不同了，

> 但一出國，小張就什麼優勢都沒有了，長得比他好的老外多了去了，一抓一大把，小張的英語不好，想做醫生又通不過美國的board exam（俗稱「考板」），想讀書又通不過GRE（俗稱「雞阿姨」），

最後千辛萬苦才在一個大學的實驗室找了個實驗員的工作，收入很低，也沒什麼前途。他老婆（唉，應該叫「前妻」了）就跟他離了婚，跟一個白人跑了。[70]

華人移民女性，除了在與華人移民男性對比的情況下，能夠表現出更好地適應新環境的柔韌性與優越性之外，她們自身通過在美國社會中接觸新想法、新事物，也使自己心靈深處的女性意識得到了啟蒙。與華人勞工和留學生移居者截然不同的是，很多新移民都是以家庭為單位遷往美國。妻子們在移民前大都各方面條件不如丈夫，而到了美國之後，才發現家庭中原來作為一家之主的男性根本無法立即適應美國社會新環境，妻子們萬般無奈只能激發自己的潛能代替丈夫挑起家庭經濟的重擔。堅強幹練，與時俱進，激勵著她們追求兩性平權，追求個人自由與幸福。

查建英作品《到美國去！到美國去！》裡的女主人公伍珍即是這樣的一個人物。她的複雜身世令人同情，在經歷了文革插隊的種種苦難之後，好不容易大學畢業有了一份別人眼裡「命運的寵兒般」的穩定工作，然而天生不屈從於命運的性格，使她並不滿足於每天千篇一律的現狀，毅然決然地拋下還深愛著她的丈夫，打掉肚子裡的親生骨肉，背井離鄉，踏上自己理想中的充滿新生的美國土地，尋求美國夢的實現。小說結構上由上篇、下篇兩個部分組成，上篇描寫伍

[70] 艾米，《欲》（瀋陽：萬卷出版社，2010），頁15。

珍在中國大陸的生活，而下篇則著力描繪其來到美國之後的生活。如果說，好多人把改革開放之後去國外留學打拚比喻為「洋插隊」的話，這部小說則利用主人公伍珍的人生經歷很好地實現了「土插隊」與「洋插隊」的完美對照。土插隊中知識青年「上山下鄉」被排擠被邊緣化到農村，而洋插隊中的新移民也不得不在美國社會的邊緣徘徊去尋求自己的落腳點。雖然地點一個在中國大陸，另一個在異國他鄉，但讀者還是能深深感受到兩類人群中相近的文化認同危機意識。伍珍重拾書本，想要考上研究生，卻未能如願，此時她意外得知表弟已經加入留學大軍，她那不安分的心開始按捺不住了，「出國，這前景使她眼前突然明亮開闊起來。冒險、機會、見識、榮耀，全都在她眼前五光十色地閃過。最重要的，是使她能衝出這個環境」[71]。

當別人都認為她的想法可笑的時候，不安分的伍珍已經看到大好前途的曙光，文革那個壓抑的年代使她的很多夢想不得不蜷縮在時代大潮背後，終於能有這樣一個實現自我、改變命運的機會，她一定要抓住絕不能放棄，她去意已決，什麼也不能阻擋她前往美國的決定，即使不惜拋下一心摯愛她的丈夫與腹中的親生骨肉。費盡千辛萬苦，終於來到美國的伍珍卻不得不忍受身分認同的煎熬，全球化導致的跨國遷徙造成原有國界和舊有社會政治經濟結構的消弱，卻在新的環境中一時難以找回自己心靈上早已失落的認同，

[71] 查建英，《到美國去！到美國去！》（北京：作家出版社，1994），頁206。

> 一個出現過無數次的感覺，一串頑固的琶音，再次跳到她心中：自己是不是真地正走在紐約市中心的街道上？來美已半年多，有時候她仍會突然懷疑整個經歷的真實性。陝北和「文革」中的舊事，往往在她毫無戒備的時刻（例如夢中和極度疲乏時）冷丁襲來，使她惶惶然生出時空錯位之感。[72]

人行道上形形色色時髦的人物以及層層疊疊的摩天大樓，讓伍珍在空氣中都能感受到瀰漫的奢侈，而西方物質世界的極大豐富又使她不由得妄自菲薄，常常意識到自己經濟上的捉襟見肘與寒酸不堪。物質上、精神上她都覺得這裡不屬於她，彷彿自己還是那個陝北鄉下公社裡的模範知青。在理想與現實之間、故鄉與異鄉之間，一種奇怪的既相互排斥又相互吸引的力量折磨著她的精神，使她無法回到過去，也難以全身融入新生活。但為了能夠在美國留下來，即使內心有種種不適也只能隱忍下去，畢竟自己的人生之路是自己選擇的。旅遊公司因為沒有工作經驗被解雇，圖書館報酬又嫌低，歌劇院售票的工作倒是令她滿意，可以成為其窺視美國上流社會的窗口，也能滿足她白日夢裡想像出來的機遇，她幻想自己能夠中彩票一夜暴富，也幻想哪個巨富商賈能夠與她一見鍾情，還幻想巨額遺產天上掉陷餅般砸到她頭上，

[72] 查建英，《到美國去！到美國去！》（北京：作家出版社，1994），頁208-209。

「甚至鼻樑增高，眼睛變藍，脫胎換骨，成了一個高貴的美國人」[73]。貧富差距的極大懸殊使伍珍只能在想像中滿足自己的虛榮心，她是多麼地渴望成功，渴望在這個大熔爐裡功成名就、出人頭地，最好還能衣錦還鄉。然而，理想如此美好，現實又是如此殘酷。辛辛苦苦工作到手的幾千塊錢，讓伍珍心裡充滿了踏實，打工雖然艱辛但她樂於忍受，並為自己付出辛勤汗水而得到物質回報的行為感到無比的驕傲與欣慰，她不在乎吃苦，因為覺得「她純粹是在為將來吃苦受罪。而這個將來，隱在一條遙遙之路的盡頭，需要長久的艱難跋涉」[74]。

她隨即開啟了自己所謂的艱難跋涉，為了恢復自信而去整容，試圖找到美國丈夫，和「窮光蛋」山姆約會，為了獲得綠卡不惜淪為老闆的祕密情人，伍珍的道德底線一再淪陷。這可能也是為什麼作者查建英並沒有極力宣揚這個人物的原因，反而話裡話外用帶有嘲諷的語氣來描寫她，可見在人生觀和價值觀方面是對這個人物充滿鄙夷的。讀者也大都對她的所作所為不屑一顧，雖然在美國社會中取得了成功和自己夢想中的一切，但並不全是通過光明正大的手段得來的。小說的結尾伍珍終於發達了，不僅找到不錯的工作，也拿到了綠卡，不僅表現出不凡的投資才能，還在籌畫自己的生意，並且已經訂婚。「伍珍」本是一個極其普通的中國女性名字，其人也是億萬中國人口中毫不起眼的一員，而作品

73　查建英，《到美國去！到美國去！》（北京：作家出版社，1994），頁233。

74　查建英，《到美國去！到美國去！》（北京：作家出版社，1994），頁234。

中她的個人奮鬥史卻是一個拋棄舊我、迎來煥然一新人生的歷程，她雖然一次次受挫失敗，卻從未放棄，一如既往地朝著自己夢想的方向前行，作為女性意識崛起的風範和追求個人幸福的榜樣，還是值得推崇探討的。

在後殖民女性主義文學批評中，女性主義話語已經不再僅僅侷限於追求男女兩性平等，而在更廣泛空間中進行跨文化與多元文化研究，父權與夫權已不再是婦女受剝削的僅有衡量標準，將女性主義問題置於地區、民族、國家等多重語境中進行考查；「批判西方／白人／中產階級女性主義的『霸權』，反對性別問題上的同一性和均質化，要求全面反映所有處於被壓迫情境中的女性，強調女性主義批評話語的多元多層次性，關注跨文化的性別差異性，極大地拓展了女性主義批評的陣營」[75]。

李翊雲的小說雖然大都在敘述中國故事，講述中國大陸那些名不見經傳的普普通通的小人物身上所發生的事，她看似遊刃有餘、不冷不熱的描寫方式，常常讓讀者感受到一種莫名的距離感，實則不然，注重人文關懷的她內心深處充滿了對小人物們深切的同情。這些身陷困境的小人物們大都無法選擇自己的出身及命運，只能在體制內框架內小心翼翼地活著；而李翊雲自己則跳出了中國大環境，又使用獲得語英語進行創作，她理所應當地成為了這些中國小人物的代言人，讓他們也有機會被世界矚目。與其他華人華文作家和華

[75] 林樹明，《多維視野中的女性主義文學批評》（北京：中國社會科學出版社，2004），頁197。

人英文作家的作品極力營造新女性堅韌頑強的形象相反，李翊雲作品中並沒有過多渲染這類女性形象的影子，而是像旁觀者敘述般默默道出作品中女性的情感發展與心路歷程。

短篇小說集《千年敬祈》中的《內布拉斯加公主》（*The Princess of Nebraska*），看似是個極其荒誕的故事，既涉及同性戀又涉及雙性戀，還牽扯到假結婚、流產墮胎等社會問題。三個主要人物博申（Boshen）、陽（Yang）和薩莎（Sasha）之間情感糾葛複雜，小說開頭即出現了女主人公薩莎乘坐灰狗巴士耗時整整一天從美國內布拉斯加州來到芝加哥的場景，她與博申見了面，而目的卻只有一個，那就是打掉腹中她和陽的孩子。她無法在內布拉斯加州施行手術，因為那裡不允許大月份流產。博申自己也是一名「同志」（同性戀群體的別稱，廣義上包含男同性戀、女同性戀、雙性戀者、跨性別者等性少數群體），他在中國是一名醫生，但因開通同性戀諮詢電話熱線而被醫院勸退。無奈只能搬到北京，一邊在小診所兼職，一邊從事爭取同性戀權利的社會活動。然而，他逐漸認識到，在後天安門時代的中國談論任何與人權有關的事情都是危險的。他與陽在中國的時候同性相戀，本以為能夠改變年輕男孩陽的命運，而最終離開的卻是他自己，只能通過與一位有美國身分的「女同」朋友假結婚騙取簽證來到美國。薩莎馬上要去美國讀研究生，卻認識了陽，兩人關係由陌生到熟悉，在赴美之後發現竟懷上了陽的骨肉。博申一直想勸說薩莎留下孩子，竟然還設想讓陽來到美國，三個人生活在一起。薩莎剛認識陽的時候確實動過讓他來美國的念頭，但都被陽拒絕了。他在中國被排斥出京劇舞臺，不抱希望來了美國能有所改變。

當薩莎穿梭在密歇根大街如織的人流之中，她一邊隨人群向前移動，一邊觀察著身邊的這些美國人。

> 他們看起來是那麼年輕那麼無憂無慮，這些美國人，開心的就像去郊遊的小學生。她羨慕他們，在爆米花店前面排起長隊等候一袋新鮮的爆米花，情侶們相互偎依，孩子們牽著父母。他們生來就可以做自己，天真，又滿足於天真。（筆者譯）

> They looked so young and carefree, these Americans, happy as a group of pupils on a field trip. She envied these people, who would stand in a long line in front of a popcorn shop waiting for a bag of fresh popcorn, lovers leaning into each other, children hanging on to their parents. They were born to be themselves, naive and contented with naivety.[76]

薩莎難以掩飾對他們單純生活的羨慕，甚至奢侈地幻想能和他們換位一下，也許在美國會有法律能不讓孩子與她分離，那樣這個無辜的生命也或許還能活下去。她兒時因為沒有北京戶口而不得不與媽媽留在內蒙古，而可憐的媽媽即

[76] Yiyun Li, *A Thousand Years of Good Prayers*, Random House，2005，p.78.

使離婚因為兩個孩子也不能再返回原住地北京生活。但她回憶道，媽媽並沒有後悔有自己的兩個孩子。這對她後來改變主意打算留下孩子，也起到了相當大的作用。從中國大陸的壓抑環境中走出來，孩子出生在美國也能多一條生路。是美國讓她看到自己孩子未來的同時，也看到了自己今後生活的希望，這讓她遲早會做出一個選擇。她覺得美國是一個好國家，即使孩子來得不是時候，但如果能夠誕生在這樣一個不錯的國家，至少能從一定程度上起到彌補的效果，她堅信，在美國一切皆有可能。

第三節　雙重他者性及創傷敘事話語

眾所周知，創傷是人類社會的組成部分，普遍存在於社會人的生活中，肉體創傷短時疼痛但可以治癒，很多精神層面的創傷即使歷來以久，也難以痊癒。戰事戰亂容易產生創傷，和平年代也會導致創傷的形成。文化大革命是中國當代歷史上空前的階級鬥爭運動，對中國社會產生的暴力破壞性作用深遠，成為那個時代中國大陸民眾心目中無法抹去的陰影。此後，隨著文化大革命的接近尾聲以及撥亂反正思潮的開始，一系列表現文革為人們帶來物質精神上的巨大創傷的文學作品相繼問世，這些作品引起了當時社會上的極大共鳴與反響，由於直接對文革的傷痛記憶進行描寫，這類文學也被稱為「傷痕文學」。1970、1980年代改革開放之後開始跨國移民的這批華人作家，無論是華人華文作家還是華人英文作家，他們的作品很多都是以文革為主題或是時代背景。他們對文革的描述有的比較露骨，有的比較含蓄，但都必須順應讀者、出版商以及主流意識形態的潮流趨勢。除了文革給整個中國社會及知識分子群體帶來的不可彌補的負面影響，1989年天安門事件的發生，從一開始的學生運動最終演變成一場政治悲劇，不僅使不少政治和知識菁英流亡海外，也成為影響中國在整個世界舞臺上國際形象的分水嶺。受天安門事件的影響，很多西方國家與中國的外交關係一度緊張，並開始掀起對中國大陸的一系列政治批判。這個至今仍深刻影響著中國的民主運動，在很多移居他國的華人作家筆下都有所涉及，但在中國大陸已成為「失語」的禁忌話題，再也無法進行公開的探討。

1970年代以來，海外華人的文革敘事作品一直層出不窮。這些作品中，以1970年代末、1980年代初藉各種途徑移居美國的所謂新移民用英語創作的文革敘事最多，也最具代表性。相當多的華人作家或許是迫於生存壓力，或許是侷限於自身有限的人生經歷，只能主動發揮自己對中國政治、文化、歷史、意識形態等熟悉的優勢，將自己的記憶進行某種程度的篩選、重組、壓縮和創造，將中國的形象展現在當時美國主流社會面前[77]。這裡也不得不提到美國華人作家的雙重他者性和創傷話語的內在聯繫。華人作家跨國移居之後，一時無法融入當地社會，只能在邊緣夾縫之中生存。華人華

[77] 周亞萍，〈論閔安琪《狂熱者》中的文革敘事〉，《攀枝花學院學報》第31卷第6期（攀枝花：攀枝花學院學報編輯部，2014），頁47。

文作家大都有自己的主業，而只把寫作當作興趣愛好或者情緒發洩的一種途徑；而華人英文作家為了能在居住國站穩腳跟，在創作時就不得不採取以目的語寫作的方式進行。華人作家的創傷敘事，倘若是用英文所寫，國外出版發行，則不須過多擔憂大陸政治氣氛的影響，可以直抒胸臆揭露很多大陸作家們「敢怒不敢言」的真實；但另一方面，也不得不費力甚至賣弄東方元素去取悅西方讀者，華人作家對西方主流意識形態的故意迎合，自覺不自覺地滿足西方讀者心目中對東方國家的排斥與鄙夷，他們不得不為融入主流文化而做出一定的犧牲。倘若用華文所寫，又可分作大陸出版發行和非大陸出版發行（如臺灣、香港）兩類，通過大陸出版社出版發行的作品，則不得不考慮大陸讀者的接受程度以及對社會主義主流意識形態的弘揚推進，對某些敏感題材與內容只能規避隱匿；相反如果是在臺灣香港或其他非中國大陸出版社進行出版發行，則要靈活自由不少，寫作的自由度也相應有所提升。

閔安琪（Anchee Min）用英文創作的一系列作品中，《紅杜鵑》可以看作是她的開山之作。閔安琪將這部小說歸為自傳體回憶錄體裁，用全英文完成，根據她在文革期間的親身經歷以及一些其他的文革故事，綜合加工而成。她從踏上美國國土一句英文也不會到獨力完成英文小說，整整花費了八年時間。這八年間，她不斷進行寫作訓練，強化自己的英文寫作水平，最終換來了這部小說的問世。1994年小說在美國出版之後，立刻成為了當年全美暢銷書。她在創作時，語言雖然簡單淺顯，但與眾不同的主題仍然抓住了美國讀者的注意力。對普普通通的西方人來說，儘管有大眾媒體不斷地渲染宣傳，中國始終是披著一層面紗的神祕存在。特別是文化大革命這樣的歷史事件，在那個沒有網路，沒有實況轉播的年代裡，新聞報紙裡的描述和來自中國的閔安琪筆下所描繪的，肯定是天壤之別、截然不同的。閔安琪作品的成功，一方面體現出西方讀者對大洋彼岸紅色國度的好奇，另一方面也反映出他們內心深處對「文革」近距離觀瞻的渴望。

《紅杜鵑》通篇由三大部分組成，第一部分講述了主人公安琪童年生活在文革時代的上海，涉世未深的她卻被要求去公開批鬥羞辱老師。第二部分則講述了主人公十七歲時被分配到上海郊外的農場勞動，此間最好的朋友卻被文革的種種精神禁錮逼瘋致死。第三部分發生在一個電影製片廠裡，主人公意外地被選為江青製作的電影《杜鵑山》的女主角，但隨著毛澤東的死亡與四人幫的倒臺，她自己的人生軌跡也被完全改寫。三個故事都與文化大革命息息相關，在那個思想畸形的年代，人們的心靈扭曲，欲望無法得到合理滿足，被壓迫或毀滅。閔安琪的敘述表現方式與其他傷痕文學派作家不同，她從自己的故事講起，一件件小事堆積出對整個文革泯滅人性的批判。她從人性的角度觀察，從欲望的角度出發，敘述中雖沒有華麗高難度的詞藻，卻用最樸實簡單的英文文字展現出了這一政治運動對人性的考驗。

安琪的老師秋葉是一位非常認真負責的好教師，她總是孜孜不倦、和風細雨地對待自己的學生，而且尤其器重栽培安琪。僅僅因為父親是美國華僑，而她又是從美國回到中國來教書，就被推向這場政治浩劫的風口浪尖。當時的中國社會，人性泯滅，爾虞我詐，處處充滿革命暴力。內心險惡的領導陳書記竟然讓小小年紀的安琪到批鬥大會上去指認秋葉老師的罪行。他們一再催促安琪表明自己的立場，絲毫不顧及這種批鬥大會對她幼小心靈造成的摧殘與恐慌。安琪禁不住開始哭泣，像迷路的孩子那樣到處尋找自己的父母。

> 人群揮舞著他們的拳頭在向我咆哮，下去！下去！下去！我太害怕了，害怕失去陳書記的信任，害怕不能聲討秋葉。終於，我全力歇斯底里地大叫道，彷彿喉嚨中都充滿了淚水：是的，是的，是的，我相信你毒害了我；我相信你是一個真正的敵人！你的骯髒伎倆絲毫不能影響我！如果你還敢這樣對我，我會讓你閉嘴！我會用針縫上你的嘴巴！（筆者譯）

> The crowd waved their angry fists at me and shouted, Down! Down! Down! I was so scared, scared of losing Secretary Chain's trust, and scared of not being able to denounce Autumn Leaves. Finally, I gathered all my strength and yelled hysterically at Autumn Leaves with tears in my throat: Yes, yes, yes, I do believe that you poisoned me; and I do believe that you are a true enemy! Your dirty tricks will have

no more effect on me! If you dare to try them on me again, I'll shut you up! I'll use a needle to stitch lips together![78]

很顯然閔安琪在當時的大環境下被陳書記利用了，她內心尊敬熱愛著秋葉老師，記得老師一點一滴對她的諄諄教誨，但由於擔心與大時代、與毛主席不能共同進步，就只能眼睜睜看著自己親手將敬愛的老師送上批鬥臺，接受莫須有的批判與懲罰。這在作者的心裡一直是無法抹去的陰影，儘管她乞求得到原諒，但知道自己可能這輩子再也沒有機會得到秋葉老師的諒解了。即使在文化大革命結束之後，每當她在自己的幻覺或是夢境之中乞求老師的原諒時，彷彿一直能聽到老師重複著同樣的話語：「我根本不記得你，我也不記得有你這樣的學生。」就連自己的母親也不願原諒她，把她關到家門外，並且怒斥道以她為恥。然而，就算是得到秋葉老師的原諒又能怎樣呢？可能閔安琪的內心會得到安慰，但並不能改變她的所作所為對秋葉老師帶來的傷害。因為很有可能由於她的證詞和指認，秋葉老師已經被迫害致死了。

通過閔的描述，我們確實可以切身體會到文革時代的良知泯滅與慘絕人寰。夫妻之間、父子之間、同事之間、朋友之間、師生之間，謊言叢生，缺乏誠信，本來正常的人際關係被完全顛覆，只剩下對人性的屠宰與摧殘。閔安琪的創作僅僅是表面，更深層次的令人反省的東西都隱藏在這些故事

---

78 Anchee Min, *Red Azelea,* New York: Anchor Books, 2006，pp.37-38.

背後。毫無疑問，文革對中國的社會政治經濟各方面都造成了重大危害，但對社會道德層面的衝擊才真正是最不可彌補的。

當然，閔安琪的作品如果從中國人的角度來看，不排除也有很多牽強附會的部分。文革中各種各樣摧殘人性的事例很多，但也並不大可能一股腦地全都發生在她或者她的家人、朋友身上。經歷過文革時代血雨腥風的那代人，甚至以後僅僅聽說文革故事的人，都不難發現，閔安琪描述的情況很大可能是自己道聽塗說的故事，而並非真正發生在她母親身上的事例。比如，作者描述自己的母親在政治方面總是表現得不大靈光，不斷地犯這樣那樣的錯誤，誤將大字報標語寫錯，用上面印有毛主席照片的報紙上廁所擦屁股等等。如果這些是真正發生在其母親身上，一連串的政治失誤早就會將其安上現行反革命的罪名，輕者被遊行示眾，重者很可能被判處死刑魂飛刑場。而閔安琪的母親僅僅被下放到膠鞋廠去務工，這樣的從輕發落讓人不得不懷疑事件的真實性。閔的母親被要求在蠟紙上寫下「敬祝毛主席萬壽無疆」的大字報標語，但她卻筆誤將「萬」字錯寫為「無」字：

> 有一天她被要求在蠟紙上寫下「敬祝毛主席萬壽無疆」的大字報標語，她卻寫了「敬祝毛主席無壽無疆」。（筆者譯）

> One day when she was ordered to write on wax paper the

slogan "A long, long life to Chairman Mao"! She wrote "A no, no life to Chairman Mao".[79]

萬壽無疆意思是無窮無盡一萬年，永遠生存活下去，所以裡面有個相當於無止境的「無」字；而母親混淆了「萬」字與「無」字，把標語誤寫成了意為短命的無壽。同樣的故事在其他作家關於文革的創作中也有提到，吳瑞崧在短篇小說《從「胡蘿蔔湯」到「無壽無疆」》中，也有同樣關於主人公謝軍被安排寫大字報的片段：

一天到晚，累得頭暈眼花的謝軍只想快點寫完大字報，好上床睡覺。昏昏沉沉中，他寫完了最後一筆，趴在桌子上睡著了。

第二天，他一醒就拿起大字報出門了，連看都沒看一眼，交完了就回家睡覺去了。中午一大幫人衝進了他家，把他從床上拽了起來，押著他就往外走。「我幹什麼了，你們為什麼抓我。」「怎麼了，你敢咒毛主席，活得不耐煩了！」原來正是那天晚上，他寫大字報時，無意中把「萬壽無疆」寫成了「無壽無疆」。

那一幫人給他戴上了草紙做的帽子，胸前掛上牌子，牌子上寫著「我是謝軍，我是反革命」，又強迫

79 Anchee Min, *Red Azelea*, New York: Anchor Books, 2006，p.12.

> 他脫下鞋子，含在嘴裡，左推一下，右推一下，把他押上了高臺。領頭者開始細數他的罪行：「我們偉大的社會主義領袖毛主席萬壽無疆，他卻詛咒毛主席無壽無疆，還把毛主席的名字寫得歪歪扭扭的，這是什麼，這是現行反革命，你還不認罪？」[80]

由此可見，「無壽無疆」的故事在文革中應該並不鮮見，很有可能根本不是閔安琪的獨創，還有她所描寫的很多其他文革中發生的小故事，對於中國大陸讀者來說，根本就不新奇。這也是為何大陸文學評論界並不認同她的作品為自傳體回憶錄的性質。然而，這些文化大革命的細節對於大陸以外其他國家或地區的讀者來說，卻是完全聞所未聞的，若非經由她的英文敘述，恐怕永遠也不會被西方讀者熟知。Asia 2000出版社專業出版有關亞洲的各種書籍，該出版社社長邁克爾·莫羅（Michael Morrow）就曾經這樣評價過華人女作家的作品：「中國女作家用英語出版的東西大多講述『我』過去生活如何艱難，或者『我』母親過去的生活如何痛苦。如果是講『文化大革命』的，那就更有銷路了。至於這些故事是真是假，還是真假參半，那倒無關緊要。」[81]

李翊雲的散文作品《那與我有何相干？》（*What Has*

---

[80] 吳瑞崧，〈從「胡蘿蔔湯」到「無壽無疆」〉，轉自《民間歷史》網，香港中文大學中國研究服務中心主辦。

[81] 趙文書，《和聲與變奏——華美文學文化取向的歷史嬗變》（天津：南開大學出版社，2009），頁144-145。

That to Do With Me?），也是圍繞著文革時期發生的「真實故事」展開。作品開篇部分，作者一再強調，她講述的故事，是一個真實的故事。那是在1968年，一位十九歲的湖南女孩，看到許多人被紅衛兵毆打折磨致死以後，在與軍中服役的男朋友通信時，向他表達了對毛主席和他發起的文化大革命的懷疑。怎料男友出賣了她，將信中內容舉報給上級，導致她被逮捕，並被判處十年有期徒刑。在這十年中，儘管她不斷寫材料給上級領導陳述冤假錯案，但堆積的材料卻成了她不服從判決，思想改造失敗的證據。十年之後的再審，她被判處死刑。

> 1978年她被執行死刑，那是毛主席去世兩年之後。成百上千的人來到當地體育場觀看公判大會。一顆子彈奪走了她二十九歲的生命，她的故事也結束了。（筆者譯）

> She was executed in the spring of 1978, two years after Chairman Mao' death. Hundreds of people attended the execution in a local stadium. A bullet took her twenty-nine-year-old life, and that was the end of her story.[82]

在李翊雲的創作中，女孩沒有名字，可能她也根本不需

[82] http://www.pwsz.krosno.pl/gfx/pwszkrosno/pl/defaultaktualnosci/675/5/1/s01-rd-yiyun-li-and-ha-jin.pdf.

要一個名字。李對故事的描寫平和至極，沒有任何華麗的詞藻或者悲憤交加的語氣，讓人不禁懷疑她是否真正憐憫同情被文革殺死的女主人公，然而簡單平靜的描述卻讓人能夠一下子體會到文革的暴虐與兇殘。李的故事不同於其他大陸作家或華人華文作家的文學作品，她的敘述簡單樸實，然而講述的故事卻犀利敏銳。寫作的當時，她已經離開中國來到美國生活。站在中國以外的土地，呼吸著自由的空氣，使她的寫作更能得到柔韌有餘的自由發揮。

女孩的故事其實並沒有結束，她的命運也遠比我們想像的要可憐得多。她被執行槍決之前，在沒有麻藥的情況下被所謂的醫護人員強取了腎臟，腎臟後被植入某省級領導父親的體內；腎臟取出後被槍決，她的家人雖被收取了子彈費，但最終卻沒敢前去認領她的屍體；屍體置於荒郊野外被五十七歲的環衛工人姦污，性器官還被割下浸泡於甲醛溶液中用於收藏。女孩死去了，留下了多麼殘忍的後續故事。雖然作品的題目為《那與我有何相干？》，但顯然作者還是介意所發生的一切的，她沒有選擇遺忘，而是用自己的筆將一個個故事記錄下來供人反思，這與魯迅創作的《南腔北調集》中的《為了忘卻的記念》有異曲同工之妙：「我目睹許多青年的血，層層淤積起來，將我埋得不能呼吸，我只能用這樣的筆墨，寫幾句文章，算是從泥土中挖一個小孔，自己延口殘喘，這是怎樣的世界呢。夜正長，路也正長，我不如忘卻，不說的好罷。但我知道，即使不是我，將來總會有記起他們，再說他們的時候的。」

我們無法考究《那與我有何相干？》中故事情節的真實性，雖然李翊雲自己一再強調故事的真實性，但大致推測這應該是幾個故事歸納整合的產物。她根據多年來民間流傳的一個個文革軼事，串聯出這個女孩的一系列悲慘遭遇。不管故事的真偽，帶給我們發人深省的情感衝擊是毋庸置疑的。有人可能會批判她的寫作，有如張藝謀電影裡對破落東方意象以及人性扭曲的展示，為了自己的既得利益不得不賣弄東方的愚昧與落後。但如果不是李翊雲站在美國國土，以他者的身分重新審視文化大革命這一無產階級政治運動，也根本不會有這樣一部發人深思的作品的出現。

如果說大多數華人作家會以文革為主題進行文學創作，以天安門事件為背景的文學作品則是屈指可數、為數不多的。政治原因使得中國大陸的作家學者們無法對其進行深層次地挖掘，而華人作家若以後繼續想回國發展，也不得不考慮有可能因其帶來的政治後果。旅日中國女作家楊逸曾經憑藉用日語創作的作品《印證時代的清晨》獲得過日本著名文學獎芥川獎，小說以天安門事件為歷史背景。旅英作家馬建以此為背景創作的《肉之土》以及《北京植物人》，也曾在世界多地獲獎並得到過矚目，但他也因自己先鋒派、荒誕派的創作風格以及小說禁忌的主題遭到抵制並被中國政府禁止入境。美國華人英文作家哈金是另一位不斷醞釀，選擇終將其付諸筆端的作家之一。他在小說《瘋狂》的中文版跋中就曾這樣描述過天安門事件對其產生的巨大思想衝擊，不但堅定了他移民美國的決心，也成為讓他決定用英文寫作的最主要原因，即使這樣，「我心裡的憂憤實在難平，就決心將這場民族的悲劇和瘋狂融入這部小說中，將歷史的罪惡在文學中存錄下來」[83]。

小說《瘋狂》共計三十五章，前面三十三章一直在描述知識分子階層小團體之間的分崩離析與勾心鬥角，明爭暗鬥雖然範圍不大，但也都真切讓人感受到那近乎瘋狂的氣氛；而在最後兩章則專門以天安門事件為主題進行撰寫，篇幅不長，意義卻是深遠的。不論這兩章的內容是真實抑或虛構，畢竟事件發生當時哈金人在美國，但敢於「寫旁人之所不能寫」的精神還是不得不令人欽佩的。起初哈金也似乎並不想賦予作品過多的政治色彩，但「心裡悶得慌，不得不一吐為快……決定把這種民族的瘋狂也寫進這個故事」[84]，於是乎才有了今天這種版本的《瘋狂》。文章似乎又將我們帶回到了當時的事發現場，當他們去北京的火車晚點，在晚上才到達之後，卻發現既沒有公共汽車，也沒有地鐵這些平日正常運行的大眾交通工具。所有的公共汽車已經被調配去堵塞主要道路，阻止解放軍進京了。而地鐵也被用於輸送軍隊，整個城市陷入了無秩序和無政府狀態。

一個穿鐵路制服的瘦女人給我們每人一張油印傳

[83] 哈金著，黃燦然譯，《瘋狂》（臺北：時報文化出版有限公司，2004），頁300。

[84] 哈金著，黃燦然譯，《瘋狂》（臺北：時報文化出版有限公司，2004），頁299。

單，上面寫有各種口號，例如：「祖國在危急中！」「這是我們最後的鬥爭！」「救救共和國！」「阻止軍隊進入首都！」「解除戒嚴！」「打倒腐敗政府！」我有一種不祥的預感，好像遠處正在發生什麼事情。有人暗暗傳說，軍隊今晚要清理天安門廣場。[85]

A skinny young woman in a railroad uniform gave us each a handbill that contained mimeoed slogans, such as Our motherland is in danger! This is our last struggle! Let us save the republic! Stop the army from entering the capital! End martial law! Down with the corrupt government! I had a foreboding something hideous was unfolding in the distance. It was whispered that the army was going to clear Tiananmen Square tonight.[86]

男主人公萬堅跟隨學校的眾人來到北京之後，除了用自己的眼睛所看到的一切還有周邊道聽塗說的情況之外，他對周邊的北京局勢並沒有準確的把握，然而傳單中的標語口號一下子將他與北京的學生民眾之間的情感拉近。哈金本人並沒有到達第一現場去經歷那次浩劫，所以對他來說寫作這

---

85 哈金著，黃燦然譯，《瘋狂》（臺北：時報文化出版有限公司，2004），頁276。

86 Ha Jin, *The Crazed*, New York: Vintage Books, 2004, pp.298-299.

段歷史一幕是比較難以把握的，但考慮到作者應有的道德責任，他又不能擅自以見證人的口吻代言。因此他決定通過萬堅的視野進行描述，將萬堅所看到的、所聽到的以及所感受的東西記述下來。孤獨與悲憤之情縈繞著萬堅的心緒。他並不算嚴格意義上的愛國青年，也從未有過要來北京為民主而戰的赤子之心，可現在卻被捲入這樣的無端混亂之中。他開始質疑自己做出的來北京的決定，但一想到那名被撇下的受傷女性可能已經死去，無限悔意又湧上心頭。後悔沒能將她轉移到比較安全的地帶，那樣她至少不會被踩踏致死或是因為失血過多而死，

> 懦夫！我甚至不能向自己證明我不是膽小鬼。想到這裡，我又淚如泉湧，忍不住痛哭起來。[87]

> Coward! I couldn't even prove to myself that I was above cowardice. This realization brought me to tears again. I wept wretchedly.[88]

作者從事件中所感受到的孤立無援，對於沒有生活在那個年代經驗的人來說，是難以想像的。

主人公萬堅一開始僅僅因為想向未婚妻梅梅證明自己

---

[87] 哈金著，黃燦然譯，《瘋狂》（臺北：時報文化出版有限公司，2004），頁281。

[88] Ha Jin, *The Crazed*, New York: Vintage Books, 2004, p.305.

並不懦弱，才毅然決然地去了北京。他不像其他追求民主自由的學生那樣，是為了心中的信仰而奔赴天安門。他為自己感到失望，也為自己沒有及時救助那位受傷的女性而感到懺悔。這說出了當時局勢下很多人的心聲，為自己悲哀、為同仁悲哀也為國家悲哀，對抗強權鎮壓無能為力，只能看著周圍的人「流血至死或者被踩死」。萬堅對自己是否怯懦的質疑，也反映了一代知識分子對自己身分立場的鬱悶與疑惑。自己都不能證明自己到底是不是膽小鬼，失去精神空間自由的知識分子所能做的除了「感到孤獨和悲哀」、「淚如泉湧」和「忍不住痛哭」，卻不知道能進行怎樣的幫助。

萬堅一直處於那個四方形廣場的外圍，正如哈金其實也並沒有親臨現場親身經歷這次以學生為發起人的民主化運動，但他用他者旁觀者的目光，凌空駕馭事件中萬千個故事裡的幾個，展現出了人性的泯滅瘋狂與知識分子的束手無策。自從萬堅回到學校，一種可怕的幻覺就時時刻刻在他的腦海中盤旋，

> 我看見中國像一個老醜婆，衰朽又瘋狂，竟吞噬兒女來維持自己的生命。她貪得無厭，以前已吃掉許多小生命，現在又大嚼新血肉，將來肯定還要吃下去。我擺脫不了這個恐怖幻象，整天對自己說：「中國是吃自己崽子的老母狗！」叫我怎能不毛骨悚然，叫我怎能不心驚肉跳！兩夜前的騷動還在我耳旁喧囂

不止，我怕我就要瘋了。[89]

> I saw China in the form of an old hag so decrepit and brainsick that she would devour her children to sustain herself. Insatiable, she had eaten many tender lives before, was gobbling new flesh and blood now, and would surely swallow more. Unable to suppress the horrible vision, all day I said to myself, "China is an old bitch that eats her own puppies!" How my head throbbed, and how my heart writhed and shuddered! With the commotion of two nights ago still in my tears, I feared I was going to lose my mind.[90]

主人公萬堅自己也覺得即將處於崩潰瘋狂的邊緣，他熱愛自己的祖國，但又被其衰朽瘋狂與貪得無厭折磨得快要發瘋。

作者哈金又何嘗不是如此，他瘋狂地思念自己的出發地，但失望也時時刻刻令他感到煎熬。他自己選擇離開中國去美國生活，離開了舊環境卻無法完全與新環境對接契合。有去國懷鄉的感傷，有哀其不幸的憤恨，也有力不從心的無奈。精神層面上他無法完全認同美國文化，而長期的國外生活又使其在思想境界上無法接受中國政治的強權與專制，結

89 哈金著，黃燦然譯，《瘋狂》（臺北：時報文化出版有限公司，2004），頁291。

90 Ha Jin, *The Crazed*, New York: Vintage Books, 2004, p.315.

果只能成為一個夾縫中求生存的他者。哈金曾在公開訪談中說過羨慕莫言、嚴歌苓等作家的話，前者是因為其可以用母語自由嫻熟地創作，後者則因為其在中國大陸文學傳播事業的順利開展。而哈金所創作的文革、間諜、反共、天安門事件等題材的作品決定了其根本不可能有機會再回中國大陸發展，他自己也深知自己再也無法「回家」。除了身體上無法返回故鄉，創作中非母語語言的使用也使他一度陷入迷茫。

哈金過去一直喜歡去哈佛圖書館的地下室翻看與中國有關的舊文獻：「我被觸動了，我那時候覺得我的工作就應該是這樣簡單：把歷史翻譯到文學裡來，我覺得我的生命將用在寫一本接一本關於中國的書上。但是當我這樣做的時候，情況發生了變化。裡面有一種很強烈的疏離感，也許是因為我用英語寫中國的原因，但所有的背景都在中國。這把我放在了地獄的邊界——陷在兩種文化和兩種語言之間。這就是我想要解放我自己的原因之一。」[91]這也是小說結尾萬堅決定前往廣州再偷渡到香港的原因，才能從香港去另一個國家——加拿大，或美國，或澳洲，或東南亞某個有較多人說漢語的地方[92]（From Hong Kong I would go to another country – Canada, or the United States, or Australia, or some place in Southeast Asia where Chinese is widely used.[93]）。只有那樣才能澈底逃離這

[91] 哈金，〈沒有國家的人〉，轉引自騰訊網：https://xw.qq.com/cul/20150607016312/CUL2015060701631200

[92] 哈金著，黃燦然譯，《瘋狂》（臺北：時報文化出版有限公司，2004），頁297。

[93] Ha Jin, *The Crazed*, New York: Vintage Books, 2004, p.322.

個瘋狂的地方。「逃亡早已是逃亡者艱苦卓絕的事業，逃亡必將匯為不可阻擋的洪流。萬堅準備游過鯊魚出沒的海面，對他來說，走向自由的前景尚有很多未知的風險……但只要走出鬱悶，告別了瘋狂，不管有什麼風險，肯定都是值得去冒的。」[94]萬堅毅然燒掉學生證，剪掉自己的長髮，並決定從此改名換姓，去一個遠離瘋狂的世界開始自己的新生。也象徵著新一代的知識分子在經歷了一系列挫折與絕望之後終於發現了自己靈魂的覺醒，遠離喧囂和瘋狂的塵世，轉而去追尋更有意義的人生風景。

閔安琪、李翊雲和哈金作為華人英文小說的代表作家，對作品中創傷主題與創傷話語都有著極其相似的處理手法，他們一方面能夠更直接、更大膽地描繪民族傷痛，不需要過多顧及政治影響與政治壓力；另一方面也不免存在過度誇張渲染「傷痕」的嫌疑，以期得到西方讀者和出版社的認可。而華人華文作家的小說作品，雖也有不少涉及文革主題，但大都是一略而過的，並不深入也不會帶來那種痛徹心扉的心靈震撼。

華人女作家艾米的小說《山楂樹之戀》就發生在文革時期，作文成績比較好的女學生靜秋被派去農村撰寫教材的時候，認識了在勘探隊工作的「老三」。靜秋的家庭成分不好，一直比較自卑內向；而「老三」雖然父親為軍區高級領導，他卻絲毫不介意靜秋的家庭出身，大膽向靜秋表達愛意

---

94 康正果，〈告別瘋狂——評哈金的小說《瘋狂》〉，《華文文學》2006年第2期（總第73期）（汕頭：《華文文學》編輯部，2006），頁9。

並一直鼓勵她。二人漸生情愫，老三默默無私地等待靜秋一步步完成從畢業、工作、轉正的人生歷程。然而，最後他卻患了白血病，離開了人世，火化後被埋在那顆二人定情的山楂樹下。小說中二人的愛情被很多人譽為最乾淨、最唯美的愛情，賺取了無數讀者的眼淚。特別是很多經歷過文革中「上山下鄉」的讀者對其中的愛情故事深有體會，勾起他們對當時那個時代的無限思緒。

作品中在解釋讓學生參與編教材的原因時，這樣描寫到：

> 文化革命開始後，雖然教材一再改寫，但也是趕不上形勢的飛速變化。你今天才寫了「林彪大戰平型關」，歌頌林副主席英勇善戰，過幾天就傳來林彪叛逃，座機墜毀溫都爾汗的消息，你那教材就又得變了。至於讓學生去編教材，那正是教育改革的標誌，從群眾中來，到群眾中去，高貴者最愚蠢，卑賤者最聰明。總而言之，就是貴在創新哪。[95]

艾米的敘述讓人確實能馬上感受到濃濃的文革氛圍，但只是從教材編寫的時間點上反映了客觀事實，並沒有深度挖掘文革對男女主人公人生和命運所帶來的影響。而在寫到靜秋的性格及家人的狀況時，艾米強調靜秋堅韌的好強個性，和其他同齡的孩子不同，不怕吃苦，任勞任怨。這樣的性格

---

[95] 艾米，《山楂樹之戀》（南京：江蘇人民出版社，2009），頁1-2。

除了與家庭教育有關以外，更與她的父母在文革中被批判鬥爭有很大關係。她的「爸爸是『地主階級的孝子賢孫』，媽媽是『歷史反革命的子女』。靜秋能被當作『可以教育好的子女』，享受『有成分論，不唯成分論』的待遇，完全是因為她平時表現好，一不怕苦，二不怕死，時時處處不落人後」[96]。

與華人英文作品裡文革災難性毀滅性的破壞作用相比，靜秋的遭遇簡直幸運得令人難以置信。雖然她的父母在運動中都被扣上了各種各樣的敵人帽子，但她僅僅因為日常表現出色就免於株連，一下子就消弱縮減了文革破壞性的危害。要知道在那個動盪的浩劫年代，有數之不盡的官員、文人、知識分子屢遭迫害折磨甚至喪命，而他們的子女也都無法免除厄運，早就被下放到偏遠山鄉去勞動改造。小說中的靜秋個性內向自卑，通過艾米的描寫，這一切彷彿並非因為文革中受父親政治成分影響導致，而是由於靜秋內心缺乏自信、低估自己而產生的情感體驗，她自己對自己施壓，無法擺脫陰影。「這些年來，靜秋都是活在『出身不好』這個重壓之下，還從來沒有人這樣明目張膽地向她獻過殷勤。現在這種生活，有點像是偷來的，是因為大媽她們不知道她的出身，等她們知道了，肯定就不會拿正眼看她了。」[97]

靜秋的擔心實際上完全是多餘的，因為村裡的這些大媽根本就不那麼關心政治鬥爭，也不像她那樣如此看重出身的好

[96] 艾米，《山楂樹之戀》（南京：江蘇人民出版社，2009），頁3。
[97] 艾米，《山楂樹之戀》（南京：江蘇人民出版社，2009），頁20。

壞。作品的時代背景雖然發生在文革時期，但艾米把全部精力都拿來描述最清新質樸的愛情和對二人最終陰陽兩隔的惋惜，文革倒僅僅成了空氣中瀰漫的微妙氣息，無聲又含蓄。

第四節　雙重他者性及東方主義話語

很多人會覺得東方主義話語理論僅僅適用於長期處於西方殖民統治之下的那些國家，實則不然，還在西方國家間接掌控下的那些第三世界地區與國家，現在雖情形有所改觀，但東方主義陰魂仍不肯散去。美國華人作家們分明身處第一世界，斷然不會相信更不會承認自己所創作的作品具有任何的後殖民屬性。但是，他們天真的想法將不得不在事實面前低下那高傲的頭顱。如果說西方的東方主義建構，與殖民地之間存在必然的聯繫，但在後殖民主義時期，「那些自以為與殖民無關的第三世界事實上正處於西方的文化操控之中」[98]。

「東方主義」（Orientalism），也被稱作「東方學」，本義為研究東方各國歷史、文化與文學等學科的總稱。20世紀之後，東方主義的概念逐漸發生了變化，帶有一定的否定含義，指用殖民主義和帝國主義態度對東方進行審視與觀看，也指對東方文化的帶有偏見的理解或者帶有蔑視的虛構。東方主義從本質上體現西方人文化上對東方人進行控制

[98] 趙稀方，《後殖民理論》（北京：北京大學出版社，2009），頁149。

的方式，「東方幾乎是被歐洲人憑空創造出來的地方，自古以來就代表著羅曼史、異國情調、美麗的風景、難忘的回憶、非凡的經歷」[99]，就像卡爾．馬克思在《路易．波拿巴的霧月十八日》（*The Eighteenth Brumaire of Louis Bonaparte*）中所說的那樣：「他們無法表述自己；他們必須被別人表述。」[100]由此可見，西方具有話語的絕對操縱權，而東方淪落為被動的、消極的、從屬的地位，成為被凝視、被描寫的對象。也正因如此，東方主義話語視野下的東方總是那樣落後不堪、愚昧陳腐，而西方則充滿了積極進步、現代文明的氣息。

在華人華文作家的作品中，涉及東方主義話語元素的部分並不多見，作家們大都關注的是人性本身的體驗以及自我成長過程中所經歷的各種磨練，相對並不過多涉及政治背景的描寫。本書所重點探討的三位作家查建英、嚴歌苓和艾米，都是如此。她們書寫的多部反映留學生活的作品，涉及到新移民所面臨的情感、文化與身分衝突，儘管徘徊於兩種文化之間，不得不面對各種生活困境和身分認同危機，卻從不放棄繼續勇往直前的信念。而華人英文作家的作品，除了上述身分認同危機以及如何化解危機、試圖更好地在地化融入美國社會之外，還與政治意識形態、歷史殘留下來的「遺

---

99 愛德華．W．薩義德著，王宇根譯，《東方學》（北京：三聯書店，2009），頁1。

100 愛德華．W．薩義德著，王宇根譯，《東方學》（北京：三聯書店，2009），〈序言〉。

老遺少」和東方主義話語建構緊密地結合在一起。本書所提及的哈金、閔安琪和李翊雲三位作家的作品，都有與此同樣的特徵。對作品中這一特徵的評判褒貶不一，以哈金為例，有的學者對他用非母語創作持積極肯定態度，認為這樣創作時，面對自己會更冷靜、更客觀，「哈金不僅斷絕了母語的環境，而且在平靜之後回憶，在中國情結的支配下，個人的觀察和感受都有可能是欺騙性和情緒化的，甚至是欺騙性的情緒；斷了中國情節，個人觀察和感受則有可能趨於平靜」[101]。也有學者認為，他為了成名不惜展示自己的族裔身分特性，刻意迎合西方對東方負面形象的建構，「他不過在向美國人展示那陌生的20世紀七、八十年代，通過對體制的嘲弄獲得成功」[102]。更有學者激烈地批判「哈金」的榮譽是通過出賣同胞獲得的，也即對西方揭示中國的醜陋、愚昧和落後[103]。

哈金善於以中國移民的視角反觀中國，他是一位敢於面對民族現實與民族災難的作家。在他的創作中，雖然涉及很多中國在特殊時期的敏感政治題材，也能夠體會到其中散發出的東方主義氣息，但他其實並沒有過分強調時代政治背景，而大都通過虛化弱化政治色彩，從小人物的日常經歷和

---

[101] 李亞萍，《故國回望：20世紀中後期美國華文文學主題研究》（北京：中國社會科學院出版社，2006），頁92。

[102] 李亞萍，《故國回望：20世紀中後期美國華文文學主題研究》（北京：中國社會科學院出版社，2006），頁92。

[103] 李亞萍，《故國回望：20世紀中後期美國華文文學主題研究》（北京：中國社會科學院出版社，2006），頁229。

人生困境入手，凸顯他作為作家應有的對個體命運的人文關懷。評價他的作品，也應該以辯證的思維去思考，消費東方元素並不完全意味著刻意迎合西方的「東方主義」觀，而應以更理智更客觀的態度去看待作品本身。

哈金的作品《等待》（*Waiting*）講述了男主人公丈夫孔林、妻子淑玉以及女友吳曼娜之間的情感糾葛。然而，這其實根本就不是一部愛情小說，而是處處讓人感受到在那個不能自主決定自己人生的畸形時代中，普通中國人身邊那些無奈的處境與坎坷的命運。孔林與淑玉屬父母包辦婚姻，他倆本不相愛，但為了能有人照顧鄉下年邁的父母，孔林聽從父母之命違心地娶了淑玉。從傳統意義上講，淑玉作為妻子是非常稱職、無可挑剔的，侍奉公婆、撫養女兒、操持農活，把家裡的一切安置得井井有條。但她沒讀過書，精神層面上無法與所謂的知識分子孔林溝通，裹著三寸小腳，相貌上也與孔林並不般配。丈夫孔林在部隊醫院當醫生，每年只有幾天的時間可以回鄉探家，本來就與妻子沒有感情基礎，日積月累兩地分居，特別是同事吳曼娜的出現，更使得這段婚姻岌岌可危。吳曼娜本也並不需要在已婚男性孔林這一棵樹上吊死，但男友董邁為了上海戶口而拋棄她，與孔林表弟孟梁之間的感情也無疾而終，本想與魏副政委交好最終也沒能結出愛情的果實，一次次感情上的挫敗讓她不得不轉身再次投入孔林的懷抱，以及那無休止的等待。

因為孔林還沒有與淑玉正式離婚，而每年回家去法院離婚的過程中，都因為這樣那樣的變故無法成行。此後，孔林只得按照部隊裡分居十八年可以自動解除婚約的規定，與悲慘的吳曼娜一起進入漫長的等待歷程。不得不說，吳曼娜的悲劇部分也由她自己造成，孔林一開始曾經拒絕過她，但經不住她一次次地引誘，才決定與她開始交往。最終，雖然孔林終於與淑玉成功離婚，也與一心等待他的曼娜再婚了，但兩個人之間的愛情與激情早已在漫長的等待中變了質、變了味。新的婚姻與家庭生活並非孔林所期待的那樣，他又開始想念與前妻淑玉曾經構築過的那種生活模式。

這是一個令人覺得可悲的故事，也許把時代背景放在今時今日，年輕人可能覺得完全不可思議，但在那個人的思想與精神全都被禁錮的時代，一切都要聽從上級與組織安排，個人是絲毫沒有任何自由和人權可言的。哈金的文革書寫，用平靜鎮定的語氣描繪了當時充滿壓抑的社會氣息，人的正常欲求被漠視，人的正常行為被道德綁架，十八年的等待，換來了另一個不幸婚姻的開端，哈金通過反諷的方式向我們展現了文革對人性的摧殘。《等待》中並沒有直接出現文革的血腥殘暴，例如四人幫紅衛兵對無辜民眾的毆打批鬥等場面，而是以相當溫婉、簡潔、冷靜的文筆，將文革之中以及之後一段時間內中國人人性的扭曲一面呈現在讀者面前。

作品中的東方元素也一再出現，神祕的東方色彩一方面能夠吸引西方讀者的關注，另一方面也能夠成為西方主流社會文化的點綴。這也是哈金作品在美國取得巨大成功的原因之一。小說中不止一次出現關於中國人重男輕女封建思想的描述，舊式男女不平等的觀念，將男性的權利和利益放在首位，而把女性當作男性的附庸，限制她們的個人發展以及人身自由。現在的中國社會雖然已經摒棄了很多封建殘餘的舊思想舊文化，但農村以及有些城鄉結合地區仍然有重男輕女觀念的存在。孔林的妻子淑玉，集中國傳統婦女的所謂美德於一身，她的重男輕女情節比丈夫孔林還要強烈，「不孝有三，無後為大」以及女性「三從四德」的封建思想在她心裡根深柢固。明知丈夫的冷漠並且與自己之間並不存在愛情，淑玉仍然不放棄幫助孔家傳宗接代的想法。在孔林回家探親的時候，由於長期分房而居，淑玉帶著自己的枕頭悄悄進入丈夫的房間。

他看見淑玉低著頭，臉扭曲著走了過來。她坐在炕上，歎了口氣。

「你能讓俺今晚睡在這兒嗎？」她怯生生地問。

「俺不是不要臉的女人，」她說，「打生了華以後，你就不讓俺沾你的炕。俺也不抱屈。這些日子，俺尋思著給你添個兒子。華說話就大了，能幫俺把手。你就不想要個兒子？」

他沉默了一會兒，開了口：「不，我不需要兒子。有華一個就夠了。我哥家有三個小子，讓他們傳宗接代吧。再說，這也是封建思想。」

「你不想想咱的歲數？等咱們都老了，動不了了，不能下地幹活了，咱得有個兒子養老啊。你一年到頭不在家，這家裡缺個男人。」

「咱們還沒老，再說華也能給咱養老。不用操這份心。」

「丫頭總歸靠不住，出了門子就是人家的人了。」[104]

She sat down on the bed and sighed. "Can I stay with you tonight?" she asked timidly.

He didn't know what to say, never having thought she could be so bold.

"I'm not a shameless woman," she said. "After Hua was born you never let me share your bed. I wouldn't complain, but these days I'm thinking of giving you a son. Hua's going to be big soon, and she can help me. Don't you want a son?"

For a moment he remained silent. Then he said, "No, I don't need a son. Hua's good enough for me. My brother has three sons. Let them carry on the family line. It's a feudal idea anyway."

"Don't you think of our old age? When we're old and can't move about and work the fields, we'll need a son to help us. You're always away, this home needs a man."

"We are not old yet. Besides, Hua will help us when she grows up. Don't worry."

[104] 哈金著，金亮譯，《等待》（成都：四川文藝出版社，2015a），頁96-97。

"A girl isn't a reliable thing. She belongs to someone else after she's married."[105]

通過二人的對話可見，淑玉自始至終無法對「重男輕女」的想法釋懷，即便是丈夫已經冷漠明確地告訴她並不一定非要生兒子傳宗接代。這樣的想法在早已實現男女平權的的西方讀者看來，無疑是新奇並荒誕的。西方人人生而平等的思想由來已久，西方女性更是早已開展大膽挑戰生育權、墮胎權、受教育權、男女同工同酬、家庭暴力、性騷擾、性別歧視之類等等諸多的女性權利問題。淑玉作為傳統中國女性，背負著封建殘餘思想和種種陋習帶來的道德枷鎖，她不但默認被強加的命運，更是心甘情願接受這些道德綁架，成為丈夫及父權、夫權社會的附庸。

哈金對重男輕女觀念的批判並不僅止於此，當吳曼娜在產房生產的過程中，她對丈夫孔林的無端謾罵同樣引起了孔林對新生命降臨的思考，他重新探究人們對生男生女過度在意是否有其必要性。他還隱隱約約記得許久前一位農村婦女曾來到醫院，下身一直在流血，她那殘酷無情的丈夫將兩塊大號電池塞入了她的下體。起因是夫妻已經因為二胎想要生兒子被罰款一千元，而她卻又生下了另一個女兒。孔林不理解為什麼有如此愚昧的人的存在，生男孩就意味著一切嗎？你自己本身的生活都一團糟的話，即使有再多的兒子也於事無補，

105 Ha Jin, *Waiting*, New York: Vintage Books, 2000，p.95.

如果你自己的生命既痛苦又沒意義，生一堆兒子又有什麼用呢？也許人們是出於恐懼，害怕從這個世界上無聲無息地消失，完全被人忘卻，所以想留下孩子來提醒世人記住父母的存在。做父母的多自私啊。還有，為啥非要個兒子呢？難道女兒就不能一樣發揮作為父母化身的作用？那種要由兒子來傳宗接代的傳統習慣多麼荒唐、愚昧啊！[106]

What point is there in having a dozen sons if your own life is miserable and senseless? Probably people are afraid, afraid of disappearing from this world–traceless and completely forgotten, so they have children to leave reminders of themselves. How selfish parents can be. Then why does it have to be a son? Can't a girl serve equally well as a reminder of her parents? What a crazy, stupid custom, which demands that every couple have a baby boy to carry on the family line.[107]

如果說西方讀者對中國人舊有的重男輕女思想比較陌生及難以接受的話，通過小說前面部分淑玉想要為孔林生兒子那部分的研讀，應該對當時的中國人都喜歡生男孩這一點，已經有了或多或少的了解。後面部分孔林對新生命以及生兒

[106] 哈金著，金亮譯，《等待》（成都：四川文藝出版社，2015a），頁287-288。
[107] Ha Jin, *Waiting*, New York: Vintage Books, 2000，p.273.

生女的再次反思，才是哈金真正想向讀者所表達的。中國人封建愚昧的程度並不僅僅止步於養兒防老，更可怕的是將所有生兒育女、傳宗接代這些生物學的人類本能，完全強加於女性本身，彷彿繁育後代只跟女性有關，男性作為旁觀者只需要「兒子」這一成果，而男性本身則並不需要投入到繁衍生息過程的任何一個步驟中去。甚至直到科技昌明的21世紀的今天，愚昧的有些民眾仍然不知道生男生女並不由女性決定。東方女性除了是父權、夫權社會的他者之外，更無法操縱自己的命運，只得淪落為生產和繁衍的工具。比這還可悲的是，婦女自身也缺乏必要的反抗精神，當孔林去觀察那位來醫院就診的農村婦女時，她的一雙圓眼睛毫無表情地看著他。他特別留神地看著她的眼睛，那裡面沒有一絲怨恨[108]（Her round eyes gazed at him emotionlessly as he paused to observe her. He was amazed by her eyes, which were devoid of any trace of resentment[109]）。這些女性由於民族傳統文化對她們性別角色的約定，而使她們參與社會、在社會中實現自我價值的願望難以實現，她們的心遊蕩在人群之外，被流放在世界的邊緣。她們是被流放的性別，而傳統文化又決定了這一被流放的性別所能做出的反抗只能是「靜默」的[110]。

哈金在《等待》中一再對重男輕女觀念進行敘述，在某

[108] 哈金著，金亮譯，《等待》（成都：四川文藝出版社，2015a），頁287。

[109] Ha Jin, *Waiting*, New York: Vintage Books, 2000，p.273.

[110] 任一鳴，《後殖民：批評理論與文學》（北京：外語教學與研究出版社，2008），頁219。

些學者看來，是向西方讀者賣弄東方文化的醜陋一面，吸引西方讀者對異域文化關注的視線，但筆者認為，哈金自身也像孔林一樣，是極其反對重男輕女思想的，他是在通過自己的作品向這樣的封建腐朽觀念宣戰。哈金的另一部作品《自由生活》（*A Free Life*）中，男主人公武男是那麼期盼女兒的降生，也反映出哈金對生養兒女的觀點與《等待》中那些愚昧陋習是如此不同。原來他想，女兒的到來可以為他帶來幸福和安慰，會翻開他人生的新篇章。即使他的生命被移民生活改變了，即使他在美國並沒有什麼成就，即使別人看來他是個不成功的人，至少他仍然有個可愛的女兒可以去陪伴成長，可以去愛，可以讓他引以為豪。

> 他想像著教她讀書，教她寫字，教她騎自行車，教她學開車，然後看著她打扮得漂漂亮亮去參加高中畢業舞會，送她上大學，最後送她走下教堂的通道，親手把她交給一個很棒的小夥子。有了她，自己的生活就沒有什麼受不了，在這塊土地上的苦難和孤單就會減輕。她可以成為他的美國夢。[111]

> He imagined teaching her how to read and write, how to ride a bike, and how to drive, then seeing her dress up for her high school prom, taking her to college, and eventually

[111] 哈金著，季思聰譯，《自由生活》（臺北：時報文化出版有限公司，2008），頁446。

> walking her down the aisle and handing her to a fine young man. Having her would have made his life more bearable and lessened his misery and loneliness in this place. She could have become his American dream.[112]

這種人生觀才是正確的對新生命的降生所期盼的態度，而非像《等待》裡一心為夫家生兒子的淑玉、被丈夫虐待的農村婦女那樣的悲劇人物形象。生兒生女都一樣，女兒同樣也可以為父母帶來驕傲，傳統的中國式養兒防老封建觀念早就應該被摒棄，這也是哈金試圖通過作品向我們表達的深切含義。除了對重男輕女舊習俗的描述以外，《等待》中也有不少突出族裔特色的文學描寫，一些中國人生活習性方面的特徵以及非官方認證的民間科學知識被哈金寫入作品之中，部分學者將其認作是對中國傳統文化的歪曲與貶損，會進一步加深西方讀者心目中關於中國的負面刻板形象。肯尼斯·尚普恩（Kenneth Champeon）在《我們所有人的故事：哈金的《等待》》（*A Story of Us All: Ha Jin's Waiting*）中這樣提到《等待》中的中國元素給他留下的印象，

> 《等待》使人更加確認中國人什麼都吃的印象：豬蹄湯、醃海蜇、驢肉。治療任何病痛都使用相似的藥方，要麼令人作嘔，要麼稀奇古怪：海馬放在麥酒

[112] Ha Jin, *A Free Life*, New York: Vintage Books, 2007，pp.471-472.

裡浸泡可以治療陽痿，芋頭加白糖與蛋黃則可以治療腹瀉。（筆者譯）

Waiting confirms the stereotype of the Chinese who will eat anything: pig's foot soup, salted jellyfish, donkey meat. And for any ailment there is a similarly nauseating, or simply bizarre remedy: for impotence, sea horses steeped in wheat liquor; for dysentery, mashed taro mixed with white sugar and egg yolk.[113]

中國民間一直流傳著「偏方也能治病」的說法，雖然治療效果無從考究，但因其用藥簡單、價格低廉，確實有時仍被應用於某些疾病的治療過程中，年輕一代大都不再相信這種民間科學，而老一輩或者受教育程度不高的群體還是會採用。畢竟療效因人而異，而且也有可能產生各種副作用，所以使用偏方治療還是應該採取謹慎的態度。哈金在《等待》中不止一次提到各種偏方療法，能夠滿足西方讀者求新求異的獵奇心理。但在筆者看來，作者其實並非有意要詆毀並歪曲中國人的形象，而僅僅意欲向西方讀者引介類似的東方文化。中國人內部可以知曉這些偏方或是陋習的存在，但如果介紹給外國人，那就是對中華文化的販賣與背叛，這樣的推斷是不合理也是站不住腳的。在對待華人英文小說作品中出現的這些中華族裔特徵描述時，還是應該本著辯證考察的態

[113] http://thingsasian.com/story/story-us-all-ha-jins-waiting.

度，而不應動不動就上綱上線，貼上「東方主義」醜化中國和中國人形象的標籤。

作為美國社會中的外來者，華人移民本身已經被打上了「他者」的標籤，再加上東方主義話語持續不斷地雌性化華人群體特別是東方男性，使華人不得不面對主流文化在他們身上建構的一系列負面形象。趙健秀認為，對亞裔最富於傷害性的陳舊觀念，便是東方主義話語對亞裔男人的「陰柔化」或「女性化」的文化傷害：

> 舊觀念的形成開始於歐洲裔美國人對其他種族成員的偏見，以示他們與其他族裔的區別。對於亞裔美國人，不管是可接受的還是不可接受的，白人的看法總是成見化了的，那就是，亞裔男人沒有男子漢氣質。不分好壞，亞裔男性在主流文化中根深柢固的偏見中統統不是男人。更惡劣的是，亞裔男性令人厭惡——他們不僅女人氣，而且是一身脂粉氣。傳統男性的文化品性如創造性、果敢性、勇氣等在他們身上是一片空白。[114]

李翊雲短篇小說集《千年敬祈》中的作品〈兒子〉（*Son*），就描寫到中國家庭裡處處聽從父母的兒子形象。兒子是一位已經三十三歲的單身軟體工程師，在美國生活工

[114] 李貴蒼，《文化的重量：解讀當代華裔美國文學》（北京：人民文學出版社，2006），頁72。

作，已經獲得美國國籍，但仍然逃脫不了母親一直強迫他相親的命運。當他回國探親抵達北京國際機場時，心中的憂慮溢於言表，他內心實際不想讓母親去機場接他，因為知道母親會帶著裝滿相親對象照片的相冊翹首盼望他的歸來。

> 他讓母親待在家裡；儘管明知道她還是會來機場，從舊金山飛到北京的整個旅途，他都在害怕，害怕母親會手拿一本相簿在機場等他，女孩們從塑料相簿中紛紛朝他微笑，相互競爭著想要贏取他的心。寒是一個鑽石王老五，賺美金又有美國護照。但即使以前沒有這些實力，不是鑽石而是銀的、金的或者別的什麼的時候，他母親也沒停歇過讓他相親。（筆者譯）

> He has asked his mother to stay at home; knowing she would not, he has feared, for the whole flight from San Francisco to Beijing, that she would be waiting at the terminal with an album of pictures, girls smiling at him out of the plastic holders, competing to please his eyes and win his heart. Han is a zuanshi-wanglaowu, a diamond bachelor, earning American dollars and holding American citizenship. But even when he was at lower levels – silver or gold or whatever he was – his mother never tired of matchmaking for him.[115]

[115] Yiyun Li, *A Thousand Years of Good Prayers*, New York: Random House, 2006，p.111.

1970年代，中國政府推行計畫生育政策，中國國民都順應時代要求，一對夫妻只生育一個孩子，也就是獨生子女。優越的物質生活條件，父母對所有家務的大包大攬，使相當一部分獨生子女養成了衣來伸手、飯來張口的壞習慣。他們被嬌生慣養，缺乏自理能力，已經成年還是需要父母對其生活進行參與和干預。一些男孩子缺乏男子氣概，在母親面前唯唯諾諾，被稱作「媽寶男」。媽寶男指對母親惟命是從，處處以母親為中心的男人。《兒子》中的主人公寒已經過了而立之年，仍擔心媽媽給安排的相親，怯於說出自己內心真實的想法。而在機場當媽媽要幫助其取行李時，寒也只能無奈地聽之任之，缺乏成年男性應有的擔當。青壯年男性的體力方面當然要明顯勝過年邁的母親，但當他看到母親費力拿走他最大的行李之後，口頭說自己來，卻並無實際行動去阻止母親的幫助。

> 「媽媽，我能自己拿。」寒說。
> 「但我不能空著手和你一起走啊，我是你媽媽。」
> 寒只好讓母親拿著。他們沉默地走著。（筆者譯）

> "Mama, I can handle it myself," Han says.
> "But I can't walk empty-handedly with you. I'm your mother."
> Han lets go of the bag. They walk silently.[116]

[116] Yiyun Li, *A Thousand Years of Good Prayers*, New York: Random House, 2006，p.113.

在西方國家，子女十八歲以後即算作成年，有自己的人生，父母不再過多干預他們自己做出的各種人生決定。而中國的父母，彷彿認為子女永遠也長不大，如此想法的父母結果只能培養出一個個巨嬰。巨嬰群體雖然都已成年，卻無法改變自私自利的本質，他們處處以自我為中心，倚賴父母，啃老並認為理所應當，從不善待感恩父母及幫助過他們的人。小說中的寒，已經三十三歲，但母親仍然把他僅僅看作是自己的孩子，各種生活瑣事進行代勞；非但不能按照成年人的標準幫助母親，卻仍需要母親去幫助他。李翊雲的描寫，更加驗證了西方讀者中東方男性「女性化」的刻板形象建構，雖然符合西方人心目中對中國男性的想像，以此獲取主流社會的認同，是東方化的一種變相表現，但這也確實是不爭的事實，中國社會中的確存在很多這樣的母親與這樣的兒子形象。

湯亭亭曾說過：「評論家對一本（華裔）小說評價的好壞，取決於該小說描寫的世界是否符合他想像中的東方。」[117]這也就意味著西方讀者心目中的優秀華人文學作品，跟中國讀者心目中的優秀作品明顯存在著差異。華人英文作品中的許多東方意象，代表落後、孱弱、自私、虛偽的中式負面形象，而這些恰恰是西方讀者和評論界所推崇和喜聞樂見的。也正如有些學者在評論中國電影近年來在國際電影市場上所取得的成就時所說的那樣：「張藝謀、陳凱歌等

[117] 李亞萍，《故國回望：20世紀中後期美國華文文學主題研究》（北京：中國社會科學院出版社，2006），頁228。

五代中國導演在二十世紀八十年代拍攝的一系列電影文化產品都是西方東方主義預謀合拍下的迎合，他們刻意的擇取中國傳統文化中畸趣、畸情、畸人、畸物、糟粕、落後的民俗劣根之舟，以媚合強勢文化中心的西方歐美文化霸主設定的『東方主義口味』。」[118]

然而，在理智辨析華人英文作家的作品時，除了對東方男性的閹割貶低與對東方文化的販賣與詆毀之外，同樣也應該意識到，作家以知識分子的敏銳視角，試圖主動介入社會的陰暗面與死角，向讀者進行深層次的剖析。他們在對中國傳統的論述中，心情明顯也是充滿矛盾的，到底是發揚抑或摒棄。他們一方面蔑視中國封建舊傳統，同時又與中國傳統有著千絲萬縷的糾葛，最終決定拋棄心靈負擔與心理枷鎖，將中國傳統文化的本真與本源展現在世界讀者的面前。

[118] 周冰心，〈迎合西方全球想像的「東方主義」——近年來海外「中國語境」小說研究〉，《華文文學》2006年第1期（總第72期）（汕頭：《華文文學》編輯部，2006），頁43。

第四章　美國華人小說中文化身分認同的解讀

哈金曾在《在他鄉寫作》的開篇部分這樣探討過作家在開始職業寫作生涯時應當思考的問題：「為誰寫？以什麼身分寫？為誰的利益而寫？對這些問題的回答將構成其世界觀，並幫助決定其題材甚至寫作風格。在這三個問題中，『以什麼身分寫作』最令人困惑，因為涉及到作家的身分認同與傳統，而這兩者往往不以人的意志決定，隨時都在改變。」[1]正如哈金提到的那樣，身分認同問題一直是華人文學中最令人關切也最令人困惑的課題。不管是土生派華人後裔作家，早期、中期移居派華人作家，抑或近期移居派中的華人華文作家和華人英文作家，都無法迴避來自身分認同與身分建構的考量。人的身分可由多重元素確認，性別、年齡、民族、籍貫、國籍、語言、宗教信仰等等，對於一如既往生活在同一地域、身處同一文化的人來說，通過上述種種外在因素確定其身分是相對容易的，而對於由於主客觀需要直接或間接、主動或被動遷移到他國的人來說，對其身分的辨認則要相對困難許多。身分認同（Identity）對主體進行認識與感知，涵蓋文化認同、民族認同、國家認同等諸

[1] 哈金，《在他鄉寫作》（臺北：聯經出版社，2010），頁25。

多方面。隨著全球化跨國移民時代的開啟，愈來愈多的人口流動以及愈來愈多的自由遷徙，舊時傳統意義上的離散已經不再適用於新形勢的發展要求，人們開始自主地而非被迫地選擇成為「離散者」。身分認同也隨之有必要從更廣泛的視野進行考察，移居者在強勢文化與弱勢文化發生交融衝擊碰撞時，難以對自身的身分做出恰當的判斷與選擇：既流露出對新文化的好奇、羨慕與嚮往，彷彿對一切充滿期望；又不免夾雜著對舊文化的留戀、自卑與無奈，希望與失望此起彼伏地折磨著他們的心靈，從而產生焦慮、困惑、迷茫的複雜情感。華人離開中國，走向國門之外，但自幼在中國本土形成的價值觀和世界觀已然無法改變，他們一時難以進入西方主流社會，被主流文化所排斥，從自我認同到社會認同都無法達到心態和意識上的平衡，處於亦中亦外又非中非外的雙重境地，不得不在社會中扮演「他者」的角色。正如林英敏（Amy Ling, 1939-1999）所指出的，華裔處於「兩個世界之間」的描述類似於杜波伊斯（William Du Bois, 1868-1963）描述非洲裔美國人的「雙重意識」：雙重意識是一種特有的感受，是透過別人的眼睛來審視自我，按照旁觀世界中他人蔑視和憐憫的目光來衡量自己的靈魂。一個人覺得他有兩個部分：一半是美國人，一半是黑人；兩個靈魂，兩種想法，兩種無法協調的對抗，在同一個黑色的軀體裡有兩種敵對的想法[2]。

2 程愛民、邵怡、盧俊，《20世紀美國華裔小說研究》（南京：南京大學出版社，2010），頁298。

華人華文作家尤其如此，他們徘徊於移居國主流社會與文化之外，作品語言形式上的特殊性使其很難引起移居國公眾與媒體的關注，在創作生涯上始終難以擺脫自己邊緣化的位置。他們只有不斷嘗試認識自己獨特的文化身分，尋求自己新的社會定位與身分認同，才能重新發現新的人生價值與生命意義，從而在更廣闊的領域中獲得普世視野。另一方面，他們大都能自由出入中、美兩國之間，運用很多人所不具備的這種身分上的便利條件，更好地發揮自己的才能。與其說以往的移居者主要以殖民、難民、移民、強制移居等形態出現，新型的移居者則能夠相對自由地來往於出發地與僑居地（包括經由地）之間，並且同時充分利用雙邊資源。今日的跨國移居者把國籍看作是一種手段，他們具有21世紀新型遊牧民式的情感與思維方式[3]。例如，嚴歌苓雖已長期移居美國，但現實條件決定了她只有重返以中國大陸和臺灣為主的華語圈讀者群與出版市場，才能推動與促進自己文學創作事業上有更長足的發展。除此之外，她也嘗試開始用英文寫作，《赴宴者》（*The Banquet Bug*）是她目前為止唯一的一部英文小說，如果長此以往，能有更多的雙語文學作品問世，那麼她無疑能夠重新塑造自我身分，在他者的時代書寫自我。現居美國的華人女作家艾米也是同樣，她憑藉小說

---

3 金惠俊（김혜준），〈加華作協：短篇小說的特徵與意義——加拿大華文文學的意義與挑戰〉〔캐나다화예작가협회（加華作協）단편소설의 특징과 의의–캐나다 화인화문문학의 의의와 과제〕，《中國現代文學》第86卷（首爾：中國當代文學學會，2018），頁209。

《山楂樹之戀》贏得中國大陸讀者的喜愛與出版社的青睞之後，並沒有沉湎於成功的喜悅而停止創作的腳步，而是再接再厲又創作出相當數量的小說作品並相繼在中國大陸出版發行，獲得了中國大陸相關學界的關注。

華人英文作家們所面臨的問題明顯與他們不同，最主要的原因是他們並不存在寫作語言交流方面的障礙。以哈金、閔安琪和李翊雲為代表的華人英文作家，從移民初期艱難起步到熟練使用英語進行創作並一步步取得美國讀者的信任與好評，逐漸在美國乃至世界文壇占據了自己的一席之地。儘管如此，他們在身分認同問題上所感受到的困惑，恐怕要比華人華文作家們強烈得多。外在形式上可以加入外國國籍，成為所在國的公民，但內在的文化屬性所散發出來的實質內容才真正決定他們各自的身分認同。即便在美國文學界贏得多項大獎，漂泊無根的狀態使他們與近在眼前的美國社會之間仍然不得不保留一定的距離感，哈金在接受單德興的採訪中就曾提到過，他曾在南方孤獨地過了很多年。而當被問及何時決定使用英文，而非母語中文開始寫作時，哈金答道：「我移民後經過一年考慮才決定以英文寫作。最大的難題在於不確定，不曉得自己能不能挨得過，或者能有多少發展。但是我已經習慣於那個不確定，可以把它當成一種工作狀態。」[4]還有一段時間，哈金經常會做惡夢，此後才「漸

---

4 程愛民、邵怡、盧俊，《20世紀美國華裔小說研究》（南京：南京大學出版社，2010），頁146。

漸地開始接受自己作為一個移民的事實」[5]。由此可見，孤獨、惡夢與種種不確定曾經時時刻刻困擾著他的生活，最終才實現了從迷惘走向自我認同。

無論是新移民抑或本來就出生於美國的華人後裔，都徘徊迂迴於兩個世界之間，他們的外貌決定了他們作為亞洲人這一不爭的事實，但他們的美國生活經歷、所接受的教育以及逐漸西方化的思維方式又表現出他們作為美國人的現實。而使用英語進行創作，除了創作難度上需要面臨的難以想像的挑戰，創作主題也大都涉及出發地政治大環境所不接受的部分，使他們在出發地文化之中也變成了疏離的他者。哈金有自己的原則：「我必須說真話，必須對抗遺忘，必須關注那些比較不幸以及一無所有的人。我必須嘗試超越任何國家。」[6]這種對抗與超越意識不可避免地使他在創作過程中凌駕於「國家」概念之上，而講實話、說真話的原則也必然影響到中國在全球政治傳播視野中的對外形象，他的這些意識與原則勢必遭到中國大陸學界的批判與責難。中國意象與美國思維方式的組合使得華人英文作家不得不面對雙重他者身分的困惑與尷尬，與中國傳統意識形態漸行漸遠，又與美國主流文化間有著不可逾越的鴻溝，若要在不同文化語境中完成新的文化身分建構，則必須主動能動地去了解發現文化身

5　程愛民、邵怡、盧俊，《20世紀美國華裔小說研究》（南京：南京大學出版社，2010），頁149。

6　單德興，《故事與新生——華美文學與文化研究》（天津：南開大學出版社，2009），頁157。

分認同的不同過程並且不斷探索新的發展空間。

第一節　混雜：文化夾縫中的選擇性同化

混雜（Hybridity），也被稱作或譯作「雜交」、「雜糅」、「雜合」，是由霍米・巴巴提出的後殖民理論中重要的學術概念。它本身是個生物學概念，指家養母豬與野生公豬所繁殖的後代，也指父母雙親來自不同種族的混血兒。在文化理論語境中，舊有本土文化A在與新的文化B交融碰撞時，形成了新的第三種文化模式C，這裡C來源於但不同於A、B兩種文化，有著自己新的特徵，可以被認為具有混雜性。霍米・巴巴認為混雜導致了殖民話語與本土話語之間的緊張關係，動搖了殖民話語的穩定性，「當他們提出這些跨文化的、混雜的要求時，本地人既挑戰了話語的邊界，又巧妙地通過設置與文化權威進行協商的其他特定的殖民空間而改變了其術語。……它們以驚人的種族、性別、文化，甚至氣候上的差異的力量擾亂了它（殖民話語）的權威表現，它以混亂和分離的雜交文本出現於殖民話語之中」[7]。薩伊德同樣重視文化中的混雜，他認為，所有的文化都交叉交融，沒有哪種文化是完全獨立存在的。他們雜交混合，內部存在多樣性。在《知識分子論》（*Representations of the Intellectual: The 1993 Reith Lectures*）中，薩伊德也曾指出：「各個文化彼此之

7　趙稀方，《後殖民理論》（北京：北京大學出版社，2009），頁108-109。

間太過混合，其內容和歷史互相依賴、摻雜，無法像外科手術般分割為東方和西方這樣巨大的、大都為意識形態的對立情況。」[8]

隨著全球化跨國性移民與遷徙進程的開展，具有跨國移居者特徵的作家、藝術家等知識分子運用其獨特的文化身分的混雜性以及這樣的混雜性所賦予他們的與眾不同的視野，進行混雜身分書寫。查建英的《芝加哥重逢》中，男主人公小邊這樣描述自己赴美之後心路歷程的變化：「在異國生活了一段的人，性格和感情會逐漸發生一種分裂，內在的，潛移默化的。兩種文化會同時對你產生吸引和離心力，你會品嘗前所未有的苦果，感受前所未有的壓力和矛盾。你的民族性在減弱的同時，你的世界性在把你推上一片廣闊的高原的同時，使你面臨孤獨的深谷⋯⋯。」「為了生存，為了獲得和發展，你有意地、主動地和被動地變化，把你自己和這片土地、這個文化的距離縮短、再縮短。然後終於有一天夜裡，你醒過來，自己對這個變化也吃驚了，於是在月光裡你會捫心自問：『我還應該在這裡待下去嗎？』沉靜。『也許，這就是代價。』我聽見自己的聲音說。」[9]作品中，移民主人公們在努力奮鬥拚搏向美國中產階層高歌猛進時，卻不免陷入一味迎合美國價值觀的旋渦，他們試圖一步步拉近與美國文化的距離，但在半夢半醒之間卻猛然意識到自己所

---

[8] 愛德華·W·薩義德著，單德興譯，《知識分子論》（北京：三聯書店，2002），頁3。

[9] 查建英，《到美國去！到美國去！》（北京：作家出版社，1991），頁31。

不得不為之付出的代價——那就是焦慮、彷徨與疑惑。想離開，卻沒有勇氣；想留下，卻要面臨無奈。混雜的情緒時時刻刻、無聲無息地圍繞在這一群體周邊，使他們無處遁逃。

除了華人華文作家在身分建構方面所意識到的文化混雜，另一個重要的混雜性特徵體現在華人作家創作時所運用的語言上。語言是人們交流思想的重要媒介，它必然對政治經濟社會文化等方方面面產生影響。文化混雜的顛覆力量在語言上的表現最為突出。華人華文作家的創作語言中會有意摻雜一些英文表述，使中文讀者能夠切身感受到作品發生的現場就在外國。而華人英文作家當選擇使用非母語的英文進行創作時，他們則是選擇了一種不同的思維方式與表達方式。

查建英在《客中客》裡寫到：「『Miami』，讓你嚮往著佛羅里達州新擠出的鮮橙汁，沙灘上曬太陽的人們。『Savannah』，叫你想像到抒情的林蔭道，水邊綠色酒吧裡的爵士樂。」[10]作者並沒有直接用中文翻譯成邁阿密和薩瓦納，而是選擇直接在小說文本中使用原有的英文詞彙並加以注釋的方式，這樣做的目的是能夠更加形象地使讀者身臨其境，感覺自己也同時來到了美國。《頭版新聞人物》中一會兒在切「倍勾」[11]、一會兒又手裡托著一盤剛出烤箱的「皮紮」[12]的漢特，在酒吧要了一杯「斯高契」[13]又在我斜對面

[10] 查建英，《到美國去！到美國去！》（北京：作家出版社，1991），頁36。
[11] 查建英，《到美國去！到美國去！》（北京：作家出版社，1991），頁74。
[12] 查建英，《到美國去！到美國去！》（北京：作家出版社，1991），頁84。
[13] 查建英，《到美國去！到美國去！》（北京：作家出版社，1991），頁92。

坐下的庫恩，如果沒有在美國生活的經歷，很多人都不會理解作者這裡指的是環形麵包bagel、義大利式烤餅pizza和蘇格蘭威士忌酒scotch，雖然現在已有很多人都熟悉pizza的中文名字比薩餅，但在查建英作品完成的1980、1990年代，則很少有人知道她使用這些食品用語的意思。混雜式的表達方式，既能吸引讀者的關注，又能起到普及知識的效果，一舉兩得。

艾米的小說作品《其實我是愛你的》中，為了突出強調故事發生的背景在美國，主人公們都是生活在美國的華人群體，作者著意增添了許多英語詞彙表述，使讀者們能夠強烈地體會到故事的真實性。

> 那邊大概在問怎麼拿折扣，他捂住手機，問她：「你是怎麼拿到discount（折扣）的？」
>
> 她簡單說了一下，他告訴那人：「她說就是到USPS（美國郵電局）網站填一個轉信件的表格，就可以打印出Lowes（勞氏）的coupon（優惠券），然後你就可以拿到Home Depot（家得寶）去用了。」[14]

作者艾米採取先給出英文詞彙，然後括號裡又用中文翻譯解釋這樣的混雜化手法，這樣能夠更明顯地展現出華人移民之間的交流方式與普通中國人之間交流方式的不同。儘管讀者感受到了純粹的美國氣氛，但這裡艾米的混雜化表達

---

[14] 艾米，《其實我是愛你的》（合肥：安徽人民出版社，2012），頁253。

其實是不盡人意的，因為很多中國大陸讀者根本不了解「勞氏」和「家得寶」到底為何種性質的商家。生活在美國的讀者大都不會感到陌生，知道這是兩家大型家庭裝飾材料連鎖超市，善於自己動手的美國人很多時候都會來這裡自己選購材料回家裝修。

哈金和閔安琪為了生存選擇英文寫作，李翊雲曾把英文形容成她唯一可以講述故事的語言。嚴歌苓在談到用英語創作《赴宴者》的初衷時，毫無避諱地稱「通過寫它實現我最後一部分的『美國夢』」[15]。每位作家選擇的初衷不同，但他們所創作的文字背後一定都隱藏著無法言說的微妙。華人英文作家的混雜化英文表現，很多情況下都採取按照中文方式直譯的方法。很多英文中沒有的表達，華人英文作家按照中文裡的中國式表達習慣和表達方式進行再創造，雜交演變出新的詞彙、短語、成語以及句子。這樣的表達有時讀起來讓人感覺似是而非，但也會給英語讀者帶來耳目一新的感覺。小說中對地名的描述通常延續著中國傳統，哈金《等待》裡孔林的故鄉吳家鎮鵝莊，是普通的中國鄉鎮村寨名字，哈金在英文原著 *Waiting* 裡完全運用中國地區命名方式將其寫成Wujia Town 和 Goose Village。閔安琪在《紅杜鵑》（*Red Azalea*）裡寫到的 Red Fire Farm 和 The Seventh Company，中國讀者不難理解她指的是紅火農場和第七兵團，而作為英文地名對於英語讀者來說可能就需要揣摩一番了。小說中的很多

[15] 嚴歌苓，〈《赴宴者》是我的中國夢〉，引自《中國網》讀書頻道，2010年1月26日。

人名也是按照漢語的表達習慣命名，《赴宴者》（*The Banquet Bug*）中的Little Plum（小梅），《紅杜鵑》（*Red Azalea*）中的Little Green（小綠），《千年敬祈》中的Lao Da（老大），《漂泊者》（*The Vagrants*）中的Teacher Gu（顧老師）和Old Hua（老華），懂英文的中文讀者不難意會這些名字的來源。另外，在華人英文作家的作品中，常常會出現漢語中的成語、歌曲或者古詩詞，這些對中國讀者耳熟能詳的文學與文化元素，譯成英文介紹給西方英文讀者時，不但使他們感受到新穎的語言風格，也使他們意識到並非只有完美英文才能被稱作文學，獲得語作家通過混雜糅合而產生的英語同樣能夠進入英語世界並擁有自己的獨特位置。李翊雲在《金童玉女》（*Gold Boy, Emerald Girl*）中寫到：「but it was like the old saying: The one to show up at the right time beats the earlier risers.」[16]譯成中文為：「但這就像老話說的那樣：來得早不如來得巧。」英文中也有相似的表述，簡潔如 perfect timing，或如 It's all about timing/ Timing in life is everything之類，李的英文表述完全按照中文習語直譯，相信會為英文讀者帶來耳目一新的感受。閔安琪的作品《成為毛夫人》中有這樣的一首古詩：

The temple has no monk
So the floor will be swept by the wind
The temple has no candles

[16] Yiyun Li, *Gold Boy, Emerald Girl*, New York: Random House, 2010，p.188.

So the light will be lit by the moon.[17]

原詩為：「廟內無僧風掃地，寺中少燈月照明。」由於是廟宇門上的詩句，中文讀者能夠推斷其為五言或是七言古體詩，而通過揣測其含義也大致能夠將原詩檢索到。將這首古詩用英文直譯改寫之後，缺少了中國古詩的韻律與精煉，但也不失為一首簡潔清新的英文小詩。將中文以直譯的方式注入英文世界，在英文領地建立中國意象與文化的獨特空間。將中詩的意與英詩的體渾然混雜，不得不說是華人英文作家選擇性同化過程中成功的嘗試。

第二節　排斥：與主流文化的文化對抗

2018年，一部叫做《瘋狂亞洲富豪》（*Crazy Rich Asians*，中國大陸譯作《摘金奇緣》）的電影風靡美國影壇，不但在首映後輕易奪得了全美票房冠軍，也贏得了廣大觀眾（尤其是亞裔觀眾）的一致推崇。這部電影完全由亞裔美國人班底製作完成，講述的也是亞裔美國人的故事，意料之外但也意料之中的走紅在美國電影史上具有不可輕視的里程碑意義。如果把好萊塢看作是美國社會的縮影，那麼長久以來，對亞裔的歧視早已是心照不宣的祕密。亞裔永遠都是好萊塢電影裡的配角、龍套和負面小丑人物，用來搞笑和陪襯，而英雄

[17] Anchee Min, *Becoming Madame Mao*, London: Allison & Busby Limited, 2001, p.21.

式的主人公則一貫是充滿無限正義感的白種美國人。因此，這部電影成功的意義已經遠遠超越了電影本身，對生活在美國的華裔／亞裔來說，是一次文化與社會變革方面的劃時代突破。少數族裔在美國面臨的困境，除了名目張膽的歧視以外，更可悲的是總被貼上標籤區別對待，從而導致對自己的身分產生困惑，找不到自己在社會上的位置。如今，亞裔群體已不願再做被漠視的群體，他們也需要發出自己的聲音，不再沒沒無聞、任人擺布，排斥抵抗一切不公正的對待。隨著亞裔近年來不斷為爭取自身權益所做出的努力，美國社會觀念也在悄然發生著一系列的轉變。

羅伯特・揚（Robert J. C. Young, 1950-）在《後殖民主義與世界格局》一書中曾經詳細分析過籟樂這種阿爾及利亞特有的音樂形式本身所體現出的混雜特性，若把這些性質運用到對華人華文與英文小說的解讀中，也同樣適用。此音樂最初表現的是那些生活在社會邊緣的人們，後來又從對邊緣人的關注轉向對年輕人生活的表達。它既是流動的、混合的過程，也是叛逆的、多面發展的，從邊緣的視角入手，重新整合受到認可卻被破壞的元素。籟樂作為混雜的一種主要形式，已經提供了一個創造性的空間，這個空間包含了表達和需求、反叛和抵抗、創新和協商。這些文化根據與西方非常不同的行為標準行事和規範自己，同時也抵抗與西方經濟和思想意識模式的融合與合作[18]。

[18] 羅伯特・揚著，容新芳譯，《後殖民主義與世界格局》（南京：譯林出版社，2008），頁71-83。

嚴歌苓的小說《扶桑》中，扶桑是個具有傳奇色彩的中國女性形象。被人販子從中國拐賣到美國淪落為娼妓，時而懵懂蒙昧，時而溫柔體己，時而隱忍寬容，使她成為白人男孩克里斯、兒時定親的丈夫大勇以及每一個熟悉她的男人心中的精神寄託，「扶桑原來是每個人的老婆」[19]。她雖然受盡白種人的歧視與凌辱，也遭受過同胞男性的欺壓與折磨，但她始終以一顆包容的心，寬恕這些人。小說的結尾，扶桑終於與大勇相認，但他已經被判處死刑，扶桑帶著大勇的骨灰離開美國重返故里。與扶桑的性格截然相反，嚴歌苓塑造的大勇的形象完全體現了對西方社會的叛逆與抵抗，「這個集霸氣、匪氣、邪氣、豪氣、俠氣於一身的唐人街惡霸，一改老華人軟弱可欺的形象，顯示了華人剛性俠義的一面」[20]。他暗中帶領中國苦力罷工，「從那天起，工地上不再見中國苦力。卻沒人知道這次罷工的真正操縱者是在鎮上吃喝嫖賭的大勇。五千中國苦力全面停工了」[21]。雇主代表來到大勇面前遊說，讓他幫助翻譯時，也難以判斷哪些是苦力講的，哪些是他自己憑空編造出來的，總之以口舌之快將無情的白人雇主們謾罵詆毀了一番：「狗婊子養的白鬼新通過一個法案，要把中國人從這個國家排除出去：他們還說，長著臭胳肢窩的、猴毛沒蛻盡的、婊子養的大鼻子白鬼，……新法案把中國人作為唯一被排斥的異民，這是地道

[19] 嚴歌苓，《扶桑》（西安：陝西師範大學出版社，2012），頁264。

[20] 陳涵平，《北美新華文文學》（銀川：寧夏人民出版社，2006），頁77。

[21] 嚴歌苓，《扶桑》（西安：陝西師範大學出版社，2012），頁83。

的種族壓迫。他們還說，鐵路老闆們把鐵路成功歸到德國人的嚴謹，英國人的持恆，愛爾蘭人的樂天精神，從來不提一個字的中國苦力，從來就把中國人當驢。」[22]咒罵讓他幫自己也幫受盡欺壓的苦力工友們出了一口惡氣，平時是鮮有這樣的機會能發洩心中的憤恨與不滿的。具有反抗精神的大勇不顧自身安危，勇於挑戰主流權威，與白人意識形態中固有的華人懦弱形象形成了鮮明的對比。

扶桑在輪渡下等艙用洞簫吹奏〈蘇武牧羊〉時，引起了洋人們的不滿，

> 停！！停！中國婊子！……
>
> 大勇站起，說：為什麼？中國人不能弄中國音樂？
>
> 這叫音樂？你們這些中國狗婊子養的！你們管這叫音樂？
>
> 大勇說：你說這叫什麼？我要請教你這金毛狗婊子養的，你說這不是音樂是什麼？
>
> 這是在讓文明人的耳朵受刑！
>
> 所有洋人喊道：停！不准吹！
>
> 扶桑正吹到溪流如網，天高雲淡。
>
> 大勇心想，她這份不為所動，實在是個極大的稀罕。他對洋人道：如果你們不喜歡我們的音樂，回你們自己的艙裡去。

[22] 嚴歌苓，《扶桑》（西安：陝西師範大學出版社，2012），頁86-87。

> 這就是我們自己的艙。這是我們的國土，你們倒是可以滾回自己國家去，享受這種糟蹋人耳朵，折磨人神經的玩意兒。[23]

白面孔和黃面孔的爭鬥最終以大勇一方的勝利而告終，大勇站起來維護華人正當權益的同時，也打擊了白人們的囂張氣焰。嚴歌苓對雙方衝突的描述栩栩如生，而她更是形象地選擇讓扶桑吹奏〈蘇武牧羊〉，從側面襯托了華人勞工們「士可殺，不可辱」的反抗氣節。漢朝使節蘇武奉命出使匈奴，卻因政治緣由被無端扣留，匈奴曾使用各種辦法對其勸降，並將他流放到邊疆放羊長達十九年才最終獲釋。〈蘇武牧羊〉的典故和樂曲讚揚了他面對敵人威脅，不向強權屈服的忠貞精神。扶桑吹奏這首曲子，無疑也是在大膽向洋人邪惡勢力宣戰，表明自己和周邊的華人絕不會輕易臣服的決心。美國西部經濟的大開發與太平洋鐵路的興建通車，無處不凝聚了華人勞工的汗水和血淚，但在歷史上他們卻完全沒有被正確評價和公平對待。嚴歌苓通過大勇的頑強反抗道出了自己意欲為當時的中國勞工討回公道的心聲，也隱含著對西方主流話語種族歧視的強烈否定。

霍米．巴巴曾說過：「抵抗並不需要一種政治意圖的對立行為，也不是對於另一種文化的一種簡單否定或排斥。往往只是文化差異中的疑問或修改，便會使其變得面目不

23 嚴歌苓，《扶桑》（西安：陝西師範大學出版社，2012），頁167-168。

一。」[24]在與主流文化交流融合的過程中，少數族裔時刻能夠感受到東方主義與種族主義意識傾向所帶來的精神甚至肉體創傷。當面對這些消極沮喪的負面影響，如何以最快的速度隨機應變並且化解矛盾與仇恨就成了亟待解決的問題。哈金在《自由生活》裡敘述過這樣的場景，兒子濤濤在美國的學校裡遭受到校園霸凌。霸凌（bullying）[25]是近些年才出現在公眾視野中的新詞彙，指持續地、對個人在心理、身體和言語方面進行攻擊，往往由於加害者處於強勢，而受害者處於弱勢，雙方勢力不平等使得受害者無法進行有效的反抗。霸凌的加害者除了以個人，有時也以群體為單位，通過對受害者身心的欺壓，造成受害人憤怒、痛苦、羞恥、尷尬、恐懼，以及憂鬱。坐了一年多校車的濤濤在某天下午突然請求媽媽萍萍以後開車送他到學校，而當父母問其原因時，卻只是簡單地以不想坐和不喜歡坐校車為敷衍。在父母的反覆追問下，濤濤終於道出了其中真正的原因，原來是兩個同學肖恩和麥特，在校車上一見到他，就會擰他的耳朵、揪他的鼻子。爸爸武男還是採取華人一貫的息事寧人態度，媽媽萍萍則要強硬許多，告訴兒子以牙還牙，以眼還眼：

> 「那不理他們不就行了？」「不行。」媽媽打斷爸爸。「他不能被別人這麼欺負。」……「那你就得自己跟他們鬥。從明天開始，他們揪你耳朵，你就揪

[24] 趙稀方，《後殖民理論》（北京：北京大學出版社，2009），頁108。

[25] https://zh.wikipedia.org/wiki/霸凌

他們耳朵。」[26]

'Then why not ignore them? ' 'No', his mother interrupted. 'He can't let others bully him like that.'... ... 'Then you'll have to confront them by yourself. From tomorrow on, when they pull your ears, you do the same to them.'[27]

父母堅持讓濤濤自己想辦法解決與同學之間的過節，拒絕了開車接送他上學放學的要求。第二天早上在校車裡，肖恩坐在濤濤旁邊：

肖恩又捏著濤濤的耳垂一擰：「小東西好可愛。」他嘴上說著，擰得更狠了。

「少擰我！」濤濤把他前胸一推。

「怎麼著，小妖？」肖恩也推他一把，又豁嘴一笑。

濤濤一聽這個詞，突然感到一陣暴怒。「不許叫我那個！」衝著肖恩的臉就是一拳。

「哎喲！你把我臉打碎了！你把我牙打流血了。」肖恩俯身捂臉，聲音被巴掌蓋住了，帶血的唾沫從手指間流出來。

---

[26] 哈金著，季思聰譯，《自由生活》（臺北：時報文化出版有限公司，2008），頁257-258。

[27] Ha Jin, *A Free Life*, New York: Vintage Books, 2007, pp. 267-268.

麥特是個紅頭髮的五年級學生，聞聲跳過來。「濤濤，你這怪瘋子！他是逗你玩的。」

「我受夠了他的狗屎！」[28]

Then Sean grabbed hold of Taotao's earlobe and twisted it. "Cute little thing," he said, pulling hard.

"Knock it off!" Taotao gave him a shove in the chest.

"Have a problem, munchkin?" Sean pushed him back and again cracked a metallic grin.

At that word Taotao was suddenly possessed by a fit of rage. "Don't call me that!" He punched Sean squarely in the cheek.

"Ow! You smashed my face, man! You made my gums bleed." Sean bent over and muffled his voice with his palm, and bloody saliva was oozing out between his fingers.

Matt, a red-haired fifth grader, jumped in, "Taotao, you crazy jerk! He was just having a bit of fun with you."

"I've had enough of his shit!"[29]

衝突結束之後，兩個孩子都被叫到校長辦公室去解釋情況，副校長還寫了信寄給家長要他們盡量採取措施制止同

---

[28] 哈金著，季思聰譯，《自由生活》（臺北：時報文化出版有限公司，2008），頁258-259。

[29] Ha Jin, *A Free Life*, New York: Vintage Books, 2007, pp. 268-269.

樣的以暴制暴。爸爸武男非常緊張，馬上寫了回信向學校道歉，並做出以後堅決不打架的保證，媽媽萍萍卻不以為然，說道：「我在這個國家已經是膽小如鼠了，咱們家不能再出個窩囊廢。我寧可不要他，也不能讓他被那些欺負人的孩子嚇倒。」[30]（“I'm already a frightened mouse in this country. We don't need another wimp in our family. I'd rather disown him than have him intimidated by those little bullies.”[31]）果不其然，從此以後同學中再也沒有人敢欺負濤濤，大家都知道他並非典型的軟弱中國人，也知道他並不好惹了。

移民在面對種族歧視與種族壓迫時，如果不能大膽地站起來勇於反抗，就會一直無法擺脫受欺壓的局面。尤其是有些白人、拉美裔和非裔中的不法之徒，對亞裔人群一直存有社會偏見，認為其手無縛雞之力且不善於反抗，利用弱勢群體對強勢群體的恐懼心理，一味地針對亞裔尋隙滋事，試圖挑戰亞裔人的底線。如武男一家那樣的旅美華人，在美國還有千千萬萬，遇事採取的不同態度，哈金用生動的場面都展現在了讀者面前，一種是像爸爸武男那樣，一味默默忍受各種不公正待遇，自我消解苦澀的傷痛；另一種則是如媽媽萍萍那樣，關鍵時刻挺身而出、勇敢追求自身權益。華裔／亞裔再也不是過往可以隨意被仇視戕害的苦力勞工了，也不可能再退回一部《排華法案》就將合法華人移民拒於美國國門

[30] 哈金著，季思聰譯，《自由生活》（臺北：時報文化出版有限公司，2008），頁259。

[31] Ha Jin, *A Free Life*, New York: Vintage Books, 2007, p.269.

之外的時代了。生活在美國的華裔等少數族裔群體，在與主流文化的對抗中，需要像《扶桑》裡的大勇和《自由生活》裡的萍萍那般，面對不公正，不選擇沉默而是表面自己的堅定立場，維護自己的正當權益，向主流文化霸權反抗與宣戰。

第三節　中和：多樣的文化身分認同

當代文化批評家斯圖爾特．霍爾在〈文化身分與離散〉一文中指出，人們有兩種不同的身分：存在的身分（identity as being）與變化的身分（identity as becoming）。新的文化身分只能產生於文化認同與文化差異的互動過程中。前者指的是尋找共同的歷史經歷和共享的文化符碼，以便為離散群體提供某種能使他們動盪不安的現狀變得相對穩定的參照結構。後者指的是離散文化身分是其在歷史變遷、文化形構與權力更迭過程中不斷與外界適應又不斷被改造的結果。也就是說，離散的含義只能通過承認並接受多樣化和混雜化才能得到充分體現[32]。

在經歷了文化夾縫中的「選擇性同化」和「與主流文化的排斥／對抗過程」之後，華人族裔身分認同逐漸進入到回望與反思階段。以華人華文和英文作家的文化身分形成過程為例，一開始到達美國之後，作家們都為融入在地文化而

[32] 徐穎果，《離散族裔文學批評讀本：理論研究與文本分析》（天津：南開大學出版社，2012），頁81-82。

不遺餘力，有人甚至不惜以摒棄中國傳統文化為代價，試圖盡快在美國主流社會中找到自己的位置。然而，隨著時光流逝，他們中的大多數也已經看清了本質與真相，主流社會與中心位置彷彿是水中的月亮，少數族裔任憑怎樣的付出與努力，都無法到達中心融入主流。移民中的某些開始與美國主流文化進行文化對抗，不再只是逆來順受、懦弱怕事。在抵抗與排斥的過程中，回顧自己的過去，反思自身的處境，他們逐漸意識到中美雙重文化中都存在著一定的文化侷限性。一味地討好其中一個而拋棄另一個的做法實際上是非常不可取的，於是開始重新以積極的態度看待中國傳統文化，發現其中正面的精華部分，拋棄那些糟粕的部分，同時，也不斷汲取美國文化中的積極元素。通過中和將二者有機地結合起來，形成變化著的、多樣的文化身分認同。

《自由生活》裡武男和妻子萍萍經常擔心年邁的王先生夫婦的處境，這也使得他們不知不覺間開始想到自己的老後生活。擔心自己也會像王先生夫婦那樣孤獨飄零，老無所依，在這裡生活了三十年也找不到家的感覺。但武男和萍萍又意識到只要英語講得好，又不怕孤單的話，就能夠在這裡生根。

> 他們想在這裡生根，沒有別的地方可去。所以武男抓住一切機會提高自己的英語。他明白，在這塊土地上，語言就像一片汪洋，他在水裡要學會游泳和呼吸，即使他用起英語起來感到格格不入。如果他不努

力適應這種水裡生活，不生出新的「肺和腮」來，他的生活就將受到限制、開始衰退，逐漸枯萎。[33]

> They wanted to take root here, having nowhere else to go. That was why Nan had seized every opportunity to learn English. He knew that in this land the language was like a body of water in which he had to learn how to swim and breathe, even though he'd feel out of his element whenever he used it. If he didn't try hard to adapt himself, developing new 'lungs and gills' for this alien water, his life would be confined and atrophied, and eventually wither away.[34]

魯西迪（Sir Ahmed Salman Rushdie, 1947-）對移民或是離散者進行描述時歸納出如下特徵：「一位不折不扣的移民（A full migrant）在傳統上遭受三重破碎之苦：失去自己原有的身分，接觸一種全新的語言，看到周邊人的各種社會行為，與自己的大異其趣。」[35]武男雖然在美國生活了有一陣子，不算是純粹意義上的新移民，但他看到王先生及太太的遭遇，仍不免開始擔心起自己和妻子萍萍的晚年生活。他不想像王先生夫婦那樣，在這裡辛勞了一生，到頭來還是無根

---

[33] 哈金著，季思聰譯，《自由生活》（臺北：時報文化出版有限公司，2008），頁185。

[34] Ha Jin, *A Free Life*, New York: Vintage Books, 2007, p.192.

[35] 何文敬，《我是誰？美國小說中的文化屬性》（臺北：書林出版有限公司，2010），頁213。

地漂泊。他需要在美國的土地上深深地扎下根來，因為對武男來說，已經沒有退路，也根本沒有別的地方可以投奔。正如霍爾在《多重小我》中所說，移居他國「乃是單向之旅，並無『故鄉』（home）可以歸去」[36]。武男意識到在異國謀生存，語言不通是根本不行的。而在美國的生活，就像是生活在水中央，沒法呼吸就沒法自由地在這裡生活下去。掌握了語言，才能在水中暢游，才能在這裡生根發芽，做自己想做的事情。來到美國生活，是他們自己的選擇，他們本有自己的家，卻義無反顧地選擇離開。離開之後的種種不安狀態，也是他們自己應該承受的後果。霍米・巴巴在探討後殖民文學時，指出作家應站在一種「離家」（unhomed）的立場上，「離家」（unhomed）並不等同於「無家可歸」，而是不以某種特定文化為歸宿，處於文化的邊緣和疏離狀態[37]。當武男在美國主流文化的邊緣徘徊，憂慮自己是否到了晚年也仍不能得到主流文化的認可時，他開始反思如何才能改變這種局面。作為華裔，特殊的體貌特徵決定了他們在美國社會中的他者性；而要在美國社會立足站住腳，除了自己去適應當地環境，不可能要求新環境反過來適應你的需求。武男的決定是正確的，掌握了英語語言，向著適應美國文化的方向又邁進了一步，才能有機會發展成屬自己的族裔身分，也就是將中美兩種文化結合起來，但又不純粹是單純

36 何文敬，《我是誰？美國小說中的文化屬性》（臺北：書林出版有限公司，2010），頁161。

37 趙稀方，《後殖民理論》（北京：北京大學出版社，2009），頁117-118。

地混合，「而是華裔在與美國霸權文化話語鬥爭的過程中對中、美兩種文化進行部分地繼承、部分地修改、部分地創造出來的」[38]。

查建英在作品《獻給羅莎和喬的安魂曲》中，曾經這樣描寫過在美國留學、畢業後留下發展的女主人公。

> 我在美國東岸一所長春藤大學裡幹到手一張文憑，就開車到紐約來找工作。第一個月沒找著，把車賣了；第二個月還沒找著，就住進了羅莎家；第三個月我拿眼估了估地板上堆的兩個大垛，一垛是書，一垛是衣服，全豁出去也賣不出什麼名堂來，於是毅然決然，應下了一份華語小報的記者差事。[39]

到美國留學的中國留學生，並非擁有一張含金量高的美國名牌大學的畢業證書，就一定能在主流社會中找到一份與文憑名實相副的好工作的。對於美國本土白人，在常春藤聯盟大學[40]完成學業後去職場求職相對而言問題不大，但對於少數族裔群體來說，有無那一紙證書彷彿並不重要，皮膚的顏色可能決定因素要更大一些。主人公「我」剛剛與中國大

---

[38] 程愛民、邵怡、盧俊，《20世紀美國華裔小說研究》（南京：南京大學出版社，2010），頁101。

[39] 查建英，《到美國去！到美國去！》（北京：作家出版社，1991），頁283。

[40] 常春藤聯盟（Ivy League）成立於1954年，原是由美國東北部地區的八所私立大學組成的體育賽事聯盟，以後逐漸成為一種菁英階層的代名詞。這八所名牌盟校包括：布朗大學、哥倫比亞大學、康奈爾大學、達特茅斯學院、哈佛大學、賓夕法尼亞大學、普林斯頓大學、耶魯大學。

陸的丈夫辦理好離婚手續，顯然回國對她來說並不現實；為了解決生存這一頭等大事，變賣財產卻也絲毫解決不了生活窘迫的局面，只能屈從於現實放棄大理想選擇去華語小報社工作。無法在美國社會裡謀求認同，但她並沒有自暴自棄，而是尋找適合自己的出路，不僅僅糾結到底是中國人抑或美國人應該幹的工作。

並非所有人都能像「我」這樣及時調整自己的身分定位，嚴歌苓《花兒與少年》中瀚夫瑞白人前妻留下的女兒蘇，就只滿足於在繼父家中得過且過、苟且偷安，她「常悶聲不響喝得死醉」[41]。晚江的兒子九華卻與蘇截然相反，他雖無法得到繼父的賞識與認可，但經過一番抵抗掙扎之後還是找到了自己今後奮鬥的方向。「這宅子裡人分幾等。路易和仁仁是一等，瀚夫瑞為另一等，剩下的就又次一等。九華原想在最低一等混一混，卻沒混下去，成了等外。」[42]天生性格愚笨的九華早已意識到，無論後天怎樣努力，他都不可能像親生妹妹仁仁那般在繼父瀚夫瑞的家中如魚得水地生活。「九華從六七歲就認了命；他命定是不成大器，受制於人的材料。他有的就是一身力氣，一腔誠懇，他的信念是世界也缺不了不學無術的人。他堅信不學無術的人占多數，憑賣苦力，憑多幹少掙，總能好好活下去。」[43]實現美國夢的方式多種多樣，就連並不聰慧的九華都能夠看透這一點。

---

[41] 嚴歌苓，《花兒與少年》（北京：崑崙出版社，2004），頁32。

[42] 嚴歌苓，《花兒與少年》（北京：崑崙出版社，2004），頁33。

[43] 嚴歌苓，《花兒與少年》（北京：崑崙出版社，2004），頁21。

「九華在十七歲的那個夏天輟了學，結束了豪華的寄居，用所有的積蓄買了一輛二手貨卡車，開始獨立門戶。」[44]儘管無法融入母親晚江與繼父瀚夫瑞重新組建的家庭，但已經覺醒的他盡量避免自己重蹈蘇的覆轍，他相信只要自己誠實肯幹，通過勤奮的雙手就一定能夠在美國社會中找到自己的一席之地。

《花兒與少年》中的九華和《獻給羅莎和喬的安魂曲》中的「我」都選擇拒絕像蘇一樣，他們試圖與美國文化雜糅的過程中，明顯也反抗過、掙扎過甚至自殘過，依稀記得九華在老師家訪過後，明知無法在繼父面前一躲了事，竟將自己的食指截斷，鬱悶與憤恨無以復加，對美國社會和繼父家庭的雙重不適應，使他不惜自殘。然而當他們發現這些都於事無補時，果斷轉向，用中和的態度投入到積極完成自我身分的認同中，去實現自己心目中的「美國夢」。當「我」與朋友談論起華語小報的這份工作時，「二鳳說我在資本主義國家裡找到了一份社會主義工作——兩全其美。我說其實換一個角度也同樣成立：拿社會主義工資過資本主義日子——死活不夠。幸虧我做了羅莎的房客，否則在寸土黃金的紐約城，我是必得在社會主義與資本主義之間擇一而行了」[45]。社會主義體制下，工作壓力強度比較小，但收入也相對低下。「我」即使身在美國，也難以忘記出發地體制與其所代表的出發地文化。社會主義代表到達美國之前的故國文化，

---

[44] 嚴歌苓，《花兒與少年》（北京：崑崙出版社，2004），頁21。

[45] 查建英，《到美國去！到美國去！》（北京：作家出版社，1991），頁283。

而資本主義則代表來到美國之後的在地文化。隨著時間的流逝與場所的更迭，主體的身分也不斷地發生著改變，既相互矛盾，又逐漸趨於認同。在雙重文化此起彼伏進行商討的過程中，單純依附其中的一種明顯是與現實相違背的，只有通過中和、協商和不斷交涉，才能形成流動的、多變的，並完勝於新舊文化的全新文化身分。

第四節　延續：多元文化中想像的共同體

本書所探討的三位華人華文作家查建英、嚴歌苓、艾米，以及三位華人英文作家哈金、閔安琪、李翊雲，沒有完全相同的人生經歷，但至少在「自我放逐」到美國這一點上是具有高度一致性的。她／他們中斷在中國大陸的那一段人生旅程，選擇來到美國完成下一步的人生體驗。跨國移居的個人生活經驗在他們的作品中處處都有體現，從初到美國時的迷茫、困惑與不知所措，到奮力在美國打拚試圖找到自己的一席之地，從希望到失望，再到重新燃起生活的信心與勇氣，他們的人生經歷無不散發出強烈的人性光輝，激勵著讀者與研究者們對其進行更深層次地探討與解析。這些海外華人移民作家心裡，雖然會有「得到天空的自由，卻失去大地的引力」[46]。如此這般的無奈，但大都有著一個共同的夢想，也就是對美好未來的憧憬與期待，一個他們心

[46] 哈金著，季思聰譯，《自由生活》（臺北：時報文化出版有限公司，2008），頁305。

目中烏托邦式的想像的共同體。正如哈金在《自由生活》裡描述武男下決心打算用英文進行寫作時所說的：「中文意味著過去，英文意味著未來——和他兒子一致的語言。」[47]在班納迪克・安德森（Benedict Anderson, 1936-2015）[48]民族／國家屬性的理論建構中，民族／國家屬性是「一個想像的政治社群」，就算僅僅是一個很小的民族或國家，國民之間互不相識，素未謀面，但大家的精神世界中常常會設想將來有一天歡聚一堂的局面，「民族／國家一向被認為是一個深摯、平等的同志的結合。就是這種兄弟之愛最終使得過去兩百年來，千百萬人願意為此狹隘的想像前仆後繼，死而後已」[49]。華人移民們在種種取捨徘徊及文化尋根的過程中，逐漸認同了自己介於中國傳統文化與美國西方文化之間作為雙重他者身分的一種特殊存在，而具有一種介於兩者之間的、可以互相滲透的第三空間特質。處於身分困境的華人移民已經漸漸從困境中走出，開始構築真正適合自己所需的想像的共同體，完成文化身分認同的自我建構。

閔安琪的作品《煮熟的種子》相當於是她的一部回憶錄，記錄了在中國二十六年的青春和到美國之後將近三十年的生活。她經歷過中國的文革，被選為江青電影的女主角，隨著毛澤東的死亡以及四人幫的垮臺，又成為四人幫的殘渣

---

47 哈金著，季思聰譯，《自由生活》（臺北：時報文化出版有限公司，2008），頁402。

48 編按：中國大陸翻譯為本尼迪克特・安德森。

49 何文敬，《我是誰？美國小說中的文化屬性》（臺北：書林出版有限公司，2010），頁159。

餘孽而被人唾棄指責。正值青春年少卻體會到了人世間無盡的冷漠與絕望，當時的她認為自己就像是一顆已經被煮熟了的種子，再也沒有生根發芽的可能。上帝在她面前關上窗戶的同時，一次偶然的機會，她得以赴美，從此開啟了人生的另一扇門。從根本不會講英文在機場海關面臨被驅逐出境的窘境，到在美二十九年間出版了八部小說作品，從懷揣借來的五百美金奮鬥到今日的衣食無憂，不得不說閔安琪的真實生活經歷恰恰向我們展現了美國夢的實現歷程。「一位心理醫生曾對我說過，一直寫作和中國有關的東西，是因為我想念中國。她試圖說服我，是寫作為我提供了緩解思鄉之情的一種方式。我起初否認了這種分析，但二十七年之後，我意識到心理醫生並沒有錯。」[50]（A psychiatrist once told me that the reason I wrote about China was that I missed China. She convinced me that writing offered me a way to cope with my homesickness. I denied the analysis at first, but after twenty-seven years I realized that the psychiatrist was not wrong.[51]）閔安琪並不願意承認自己一直用英語書寫關於中國的作品是因為對原鄉的思念，畢竟動盪的文革年代曾給她年輕的心帶來過平生無法抹去的傷痛。可是最終她卻不得不坦然接受醫生的分析，證實自己的內心實際上一直是有那麼一個角落留存給那個叫做「故鄉」的地方。她也曾為了生計做過無數底層艱辛的工作，但她從來沒有放棄人生的希望，一步步實踐著自己的人生價值，最

[50] 筆者譯。

[51] Anchee Min, *The Cooked Seed*, London: Bloomsbury, 2014，p.352.

後終於走向了成功。「今天，人生意味著了解自己更多一些，和自己保持聯繫，促使自己進步，最重要的是，享受生活。煮熟的種子發芽了。它生出了根，更深了，更廣了。我開出了花，也愈來愈茂盛，長成了參天大樹。」[52]（Today, life means getting to know myself more, staying in touch with myself, making improvements upon myself, and, most of all, enjoying life. The cooked seed sprouted. My root regenerated, deepened, and spread. I blossomed, thrived, and grew into a big tree.[53]）

如果說她的前半段人生充滿了無盡的坎坷，中國大陸的政治大環境又使得那段人生完全不受個人掌控，來到美國之後的命運則是完全由閔安琪自己實現並最終走向成功的。最終就連煮熟的種子這般完全沒有任何希望發芽的東西，都能生根發芽開花並長成大樹，足以可見閔安琪回望美國夢的一步步實現，充滿了無盡的欣慰與自豪。她雖然仍然一如既往地思鄉，也掛念留在中國生活的老父親，但在美國的成功、女兒在美國的未來以及今後仍將在美國繼續進行的生活使她從叛逆到接受逐漸完成了自我身分認同。

安德森認為，唯有通過客觀理解每一個獨特的民族認同（包括自我的認同與「他者」的認同）形成的歷史過程與機制，才可能真正擺脫傲慢偏執的民族中心主義，從而尋求共存之道，尋求不同的「想像的共同體」之間的和平共存之

[52] 筆者譯。

[53] Anchee Min, *The Cooked Seed*, London: Bloomsbury, 2014，p.359.

道[54]。閔安琪也曾經極度困惑過，用英文進行創作著實為她帶來了享譽美國文壇的名聲，但如何才能真正被美國社會所接受，是不僅她一個人也是所有華人移民群體所要面臨的問題，經歷過混雜、抵抗與中和的不同方式，既保留中華文化中可以發揚光大的部分，又合理合法地與美國主流文化合流，才能創造符合美國華人後代現實生存狀況的想像中的共同體。正如她在《煮熟的種子》結尾處所敘述的那樣。

> 完成寫作之後，我久久地漫步於山間。我爬上山的東面，沐浴在晨光中。清新的空氣沁人心脾。後背挺直，再也沒有一絲疼痛。幸福徜徉在我的每個細胞之中。《簡愛》中我最喜愛的詞句，映入腦海：
>
> 我的靈魂跟你一樣，我的心靈也跟你一樣！……我現在不是通過常規、習俗和你說話，也不是以凡人的肉體和你說話，而是我的靈魂和你的靈魂在對話；我們的靈魂是平等的，就彷彿我們兩人穿越墳墓，站在上帝的腳下，彼此平等！（筆者譯）

> After I finish writing, I take long walks in the hills. As I climb the east side of a hill, I am bathed in the morning sun. I feel fresh air in my lungs. My back is straight without pain. Happiness is in my every cell. Lines, my favorite from Jane

54 本尼迪克特·安德森，《想像的共同體——民族主義的起源與散布》（上海：上海世紀出版集團，2005），頁17。

Eyre, come to mind:

I have as much soul as you, -and full as much heart! … I am not talking to you now through the medium of custom, conventionalities, nor even of mortal flesh: -it is my spirit that addresses your spirit; just as if both had passed through the grave, and we stood at God's feet, equal, -as we are! [55]

判斷幸福的標準不是絕對的，因為幸福感本身就只是一個相對概念，每個個體對幸福的感受度不同，對滿足感的體驗也不盡相同。總體而言，長期的精神幸福與短暫的快樂不同，是經過長期的心理積澱和個體思想成熟後形成的對生命的期待。對於華人移民來說，在他國少受輕視，追求自由平等，人性和個性得到充分的理解與尊重，這些都是能夠切實加強幸福感的重要因素。《簡愛》中關於「靈魂彼此平等」的話語同時也道出了閔安琪的心聲，作品的完成無疑使她感受到幸福，但生活在異鄉真正的靈魂平等才是幸福的根源，也是她所執著於追求的一種理想狀態。

在查建英作品《芝加哥重逢》中，當男主人公小邊得知長久以來一直暗戀著的女性朋友小寧已有男友並在中國大陸即將結婚時，他一度對自己當初赴美的決定產生了質疑，孤獨、落寞的複雜情感無以復加，

[55] Anchee Min, *The Cooked Seed*, London: Bloomsbury, 2014，p.361.

我久久地佇立在湖邊，看夜色緩緩地罩籠了芝加哥。孤獨又一次爬滿了我的心。

在這片陌生的海灘上，

曾有你熟悉的貝殼……

過往的喧騰的、離奇的夜，沉靜的、溫暖的夜，還有那些寒冷的、黑暗的夜，夢一般流過我的心頭。也許，我當初不應該來美國？浩莽無際的湖水，寄託著一個巨大的問號。

但我知道，我沒有真正的悔恨和膽怯。我的心在寒風裡，堅實地跳動著。我失去的美麗的一切，在世界的那一邊沉著地存在著。和諧與溫暖，在歲月裡更加成熟。而我，應該沿著自己的路，朝星星閃耀的地方走去。[56]

經過一番激烈的思想鬥爭之後，小邊終於又重新意識到自己其實根本就沒有後悔過，歲月靜好，信念堅實，他也將沿著自己希望和夢想的方向，一步步頑強地走下去。查建英生動的描寫無疑反映出許多廣大遊子的心聲，他們在異鄉找不到根的感覺，無根的飄零感縈繞著他們；他們不管自己在異國的拚搏是成功抑或失敗，都會不時地回望自己出發的地方，質疑自己當初的選擇，而當心態回復平靜以後，則又整裝待發、重上征途，他們可能會心生抱怨，卻很少有人在

[56] 查建英，《到美國去！到美國去！》（北京：作家出版社，1991），頁35。

半途中當逃兵。對於橫跨中西文化與中外兩國的人來說，他們無法同時直達兩種文化中任何一個的中心，只能在故國文化與異域文化的夾縫中求生存，新產生出的能量促使他們在更大的自由空間裡創造出一個想像中的共同體，也就是那個「星星閃耀的地方」，並且堅毅地繼續前行。少數族裔話語相對於主流文化，一直處於邊緣與劣勢地位。這是無法否認的現實。而要使少數話語能夠保留自己的民族精髓與特性，必須使其獨特地位與價值得到認同。美國華人及其後裔，在移民初期面臨孤立無援的處境，而內心不滅的希望與想像中的共同體激勵著他們更真實、更自信地繼續自己的生活。

第五章　美國華人小說創作與研究的啟示

美國華人作家大致可以分為土生派和移居派兩類。土生派華人作家有的是華人移民後裔，也有父母雙方中的其中一方為華裔，而另一方為歐美裔的情況，這樣的混血子女及他們的後代。這些作家生於美國，長於美國，生來即是美國公民具有美國國籍，他們自己也認同自己的美國人身分，正如湯亭亭在談到自己的文化身分所提到的那樣：「我出生在加州，所以我就是美國女人，我也是華裔美國人，但我並不是中國女人，我也從來沒到過夏威夷之外的地方。」[1]然而土生派華人後裔作家們家族中的中國傳統文化背景，又使他們所創作的作品不可避免地充滿了濃郁的東方神祕氣息，吸引西方讀者對東方文化的好奇心與求知欲。而移居派華人作家主要為後來移居到美國的群體，早期移居派作家大都為晚清政府官派留學出身，也有部分富裕家庭子女通過私人方式赴美學習；第二次世界大戰時中國國民黨與美國的盟友關係以及之後臺美關係的不斷升溫，赴美留學在臺灣形成熱潮，很多中期移居派作家都是留學美國的臺灣學生；近年來，隨著中

[1] Maxine Hong Kingston, "Cultural Mis-readings by American Reviewers", Guy Amirthanayagam ed. *Asian and Western Writers in Dialogue: New Cultural Identities.*, London: Macmillan Ltd, 1982, p.64.

美邦交正常化與改革開放大潮的推進，中國大陸赴美留學人數明顯增加並呈持續增長態勢，也有以經商、打工、投資、偷渡、政治避難等各種合法或非法方式前往美國並定居下來的移民。他們中有的選擇在美國開始自己的文學創作生涯，可以歸類為近期移居派作家。以往的移居者要麼完全拋棄出發地語言與文化，自願被同化；要麼繼續使用和繼承出發地語言與文化，自願被孤立。他們大都追求歸屬某一特定區域的身分認同，而今日的移居者，具有隨時可能發生變化的一種移動式身分認同，同時他們對待語言和文化的態度與情形也變得更加複雜化了[2]。

現今學界對美國華人文學的研究大致可以分為兩個方面，即對美國華人華文文學的研究與美國華人英文文學的研究。本書並沒有以美國華人文學中知名的湯亭亭、譚恩美、任璧蓮等土生派華人後裔作家為研究對象，也沒有選擇早先臺灣留學生文學派中耳熟能詳的於梨華、白先勇、聶華苓等作家，而有意對中國大陸1980、1990年代赴美並開始文學創作的這類近期移居派作家進行解讀，並對這類創作群體中的華人華文作家查建英、嚴歌苓、艾米的小說作品與華人英文作家哈金、閔安琪、李翊雲的小說作品進行對照分析。

有些華人華文作家創作成果豐碩，並在中國大陸、港

2 金惠俊（김혜준），〈加華作協：短篇小說的特徵與意義——加拿大華文文學的意義與挑戰〉〔캐나다화예작가협회（加華作協）단편소설의 특징과 의의–캐나다 화인화문문학의 의의와 과제〕，《中國現代文學》第86卷（首爾：中國當代文學學會，2018），頁209。

澳臺及世界華語圈地區享有廣泛的聲譽，但鑑於語言方面的抑或是意識形態方面的特殊性，無法得到英語圈讀者與評論界的關注；有些華人英文作家即使在國際文壇頻頻獲獎，也在華語圈地區少有問津，而英語圈評論界除了高歌他們作品中東方化的異域特徵以外，對作品語言以及作品本身的論述與評價也並不多見。例如，華人華文作家中的代表人物嚴歌苓，在中國大陸與臺灣都享有較高的知名度，頻頻斬獲各種華語文壇獎項，其優秀文學作品也相繼被改編成影視作品為更多人所熟知。她的有些作品雖被譯成英文介紹給英語圈讀者，卻未能產生如在華語文壇那般的影響力。筆者也曾對哈金、閔安琪和李翊雲的作品研究進行了一系列的調查，通過對網路上相關信息進行檢索時發現，除了書籍介紹，書評、個人訪談以及中國學者對他們作品的研究，很少有關於西方學者對他們英語創作水平的評價。西方學者一致肯定他們對「中國故事」的敘述，因為那恰恰是他們所不熟悉的和所好奇的。這就使得華人英文文學只能在夾縫中求得發展，既可悲又無奈，更促使筆者對其進行深入細緻的探討與對照分析。

在對照華人華文作品與華人英文作品時也不難發現，不管是華人華文小說抑或華人英文小說，作品中對中國大陸主題的敘述，對女性的不公正對待和悲慘命運大都緣起於大陸語境裡的中華舊文化、舊習俗，批判舊習、爭取男女平權成了大部分創作的主題。反觀對美國移民故事的描寫中，種族與性別被雙重邊緣化的華裔女性，在家中受到父權、夫權的壓制，社會上又有來自白人男權社會中的不公對待，傷害是種族與性別雙重的。華人華文小說在講述這些故事時，立場更堅決澈底，描寫也更鮮明細緻；而華人英文小說在講述這些故事時，相對於種族與階級他者化來說，對女性的歧視不平等大都只做虛掩，是一掠而過、隱晦不透明的。

1970、1980年代中國改革開放之後開始移民至他國的這批華人作家，無論是華人華文作家抑或華人英文作家，他們的作品很多都是以文革為主題，或是以文革作為時代背景。他們對文革的描述有的比較露骨，有的比較含蓄，但都必須順應讀者、出版商以及主流意識形態的潮流趨勢。除了文革給整個中國社會及知識分子群體帶來的不可彌補的負面影響，1989年天安門事件的發生，從一開始單純的學生運動最終演變成激烈的政治悲劇，不僅使不少政治和知識菁英流亡他國，也成為影響中國在整個世界舞臺上國際形象的分水嶺。受天安門事件的影響，很多西方國家與中國的外交關係一度緊張，並開始掀起對中國的一系列政治批判。這個至今仍深刻影響著中國的民主運動，在很多移居他國的華人作家筆下都有所涉及，但在中國大陸已成為「失語」的禁忌話題，再也無法進行公開的探討。

跨國移居作家的創傷敘事，如果用英文所寫，在中國以外地區出版發行，則不須過多擔憂大陸政治氣氛的影響，但也不得不費力甚至賣弄東方元素取悅西方讀者。對於他們來說，要想使自己的聲音被公眾聽見並被欣賞，成名是首要目標，只有得到廣泛認可，今後才更有希望寫自己想寫的題材與作品。哈金即是如此，在寫了很多包含東方元素的作品之後，近期開始推出描寫跨國移居者來到美國之後生活片段的作品《自由生活》，和描寫在美國紐約新中國城法拉盛形形色色華人新移民的《落地》。令人遺憾的是，雖然哈金自認為《自由生活》是他至今最滿意的長篇小說，卻並沒有得到西方評論界的青睞，美國最優秀的小說家之一約翰・厄普代克（John Updike, 1932-2009）曾高度評價過哈金的《等待》等作品，卻公開表示對《自由生活》作品的失望，評價其為「一個相對來說粗笨和令人不舒服的作品」[3]。這表明，從對東方元素敘事轉而投向美國生活敘事，從某種意義上來說，失去了吸引西方讀者的噱頭，自然也很難得到西方評論界的青睞。本書意識到華人作家們在創作中的各種極限，將繼續關注像哈金這樣的作家今後將如何積極發出自己的聲音。

倘若華人作家用中文書寫創傷敘事，又可分作大陸出版發行和非大陸出版發行（如新加坡、臺灣、香港、其他非中國大陸國家或地區）兩類，通過大陸出版社出版發行的作品，則不得不考慮大陸讀者的接受程度以及對社會主義主流意識形態的弘揚推進，對某些敏感題材與內容只能規避隱匿；相反如果是在新加坡、臺灣、香港或其他非大陸出版社進行出版發行，則要靈活自由不少，寫作的自由度也相應有所提升。查建英後來即選擇在香港發表並出版她的文學作

[3] His new novel, "A Free Life" is a relatively lumpy and uncomfortable work. *Nan, American Man* by John Updike, The New Yorker, Nov.25, 2007.

品。她赴美留學時間較早，之前所寫的關於留學生生活的作品使她已經在中國大陸文壇積累了較高的人氣與影響力。但親歷天安門事件的現場，心靈上的衝擊使她毫不猶豫地選擇與中文書寫決裂，「我再用中文寫作，為了在中國發表而束縛我自己，我得寫出多麼虛偽的東西啊。在後來認識一些香港朋友之前，我都沒考慮過還可以在香港發表」[4]。

美國的華人華文小說將華語讀者作為預設讀者，這就決定了華人華文作家大都描寫的是對自我命運、歷史文化、身分認同等主題的思考。美國的華人英文作品是寫給英語讀者看的，而這也就決定了除了對他們出發地歷史文化、故國回望主題描寫的同時，還須兼顧滿足英語圈讀者的喜好需求與讀者期待。對於美國社會中那些比較敏感的政治話題與社會詬病，華人英文作家通常會保持緘默，他們所持立場也與白人主流社會所持立場基本一致。反之，華人華文作家們在這個問題上，擁有更多的表述自由和更大的發揮空間，甚至可以對很多社會詬病冷嘲熱諷，因為畢竟他們作品的預設讀者群都是懂中文的讀者而並非英語原語讀者。土生派華人後裔作家變成了某種程度上的「失語者」，而早期中期近期移居派作家的作品中對自己祖國的描述，有的來自於自己離開出發地時的故國想像，也有來自於移居美國後進行反思的故國回望。將華人華文小說作品與華人英文小說作品進行對照分析時不難看出，華人華文小說中對少數族裔的描寫更直接、

---

[4] 張潔平，《專訪查建英：對我來說，現在的轉折點很不幸》，北京：端傳媒：https://theinitium.com/article/20180817-mainland-zhajianying/

更大膽，而華人英文小說中即使出現相關的描述，也是隱晦地、暗暗地流露出這方面的情感。

除了上述華人華文小說作品與華人英文小說作品通過對比之後總結出的一系列差異性，華人英文小說自身還存在如下獨特性特徵。首先，在創作過程中，由於英語並非是華人英文作家的母語，他們寫作的語言相對於母語作家來說，比較淺顯，大都使用通俗的英語語言，鮮有任何高難度的詞彙，和母語為英語的作家或土生派華人後裔作家在創作語言層次上有一定的差距。但語言方面的劣勢似乎也並非一無是處，並不純正規範化的英語，從某種程度上來說反而能夠消解英語作為語言的霸權地位，給少數族裔更好的發聲機會。其次，華人英文作品的故事情節大都結合中國故事，在此基礎上進行再創造，豐富的中國經驗無疑為他們的寫作行為提供了創作的源泉，但有的相對牽強附會，給人以胡亂拼湊的感覺。如若不是面向西方讀者，而是譯成中文在中國大陸出版的話，應該具有一定的難度和挑戰性。有時對中國文化歷史的濫用或是政治人權的過度評述與批判，也會引起某些大陸中文讀者的反感，指責他們隨意擅自使用族裔標籤去吸引西方讀者的關注。在族裔特徵的閱讀期待下，西方讀者明顯忽略了華人英文作品本身所試圖傳達的豐富文化含義。這似乎也成了華人英文作家創作上的侷限性所在，如何突破瓶頸狀態尋找創作的新境界和新高度，是華人英文作家們今後所需面臨的課題。再次，有些美國主流作家在作品中礙於輿論壓力、不敢直接進行論述的主題，例如性別、種族、階級等，華人英文作家因其作為少數族裔群體成員的特殊性和便利，抑或是抱著無知者無畏的態度，勇於大膽探討，反而更有利於實現創作上的自我突破。因此，弱勢群體並不總是只能發出孱弱的吶喊，蒼白無力，有時也能利用自身的特性，化短處為長處。

現今的很多華人移居者都已經在美國打下夯實的社會根基，甚至超過某些美國土生白人，出人頭地，躍為社會菁英。隨著國際形勢的改變，再也不會重演幾百年前華工出苦力為美利堅修鐵路任人盤剝的一幕，取而代之的有一擲千金為子女在紐約城市中心學區購買豪宅的中國父母。若要用完全相同的後殖民文化思維去分析與時俱進的新情形，還須深思。同時，中、美兩國之間日益變化的權利話語關係，也決定了在對文學作品進行分析的同時，不應該忽視各種文化立場之間的差異，並採取與之相應的策略。

本書對比華人華文小說與華人英文小說，通過對二者之間共同性與差異性的分析，意識到今後的研究必須要突破華人與中國（大陸）、華人文學與中國文學的界域束縛，主張在華人－跨國移居者－人類、華人文學－跨國移居者文學－世界文學範疇內進行考察，超越華人文學本身的研究。從華文文學上升到21世紀跨國移居者文學，關注其具有的少數文學意義以及今後能夠迸發出的文學可能性。1980年至2010年的三十一位諾貝爾獲獎作家除有八人例外，其餘二十三人都有多元文化混雜的特點，他們的創作也極具相似之處：除了有雙語文化背景，都來自於欠發達地區或屬弱勢群體，都具有自願或強制性的流浪體驗，都具備自覺的交流和文化整合的努力[5]。諾貝爾獲得者庫切（John Maxwell Coetzee, 1940-），「作為思想上的流亡者，帶著異鄉人的邊緣身分，獲得一種精神上的自由立場，形成了他特有的超驗他者」[6]。他並沒有自暴自棄，而是完成了自身從離散者到世界公民的轉型，他的作品更加注重對邊緣化的他者進行描寫，為我們今後的研究開創了新的空間，「他的作品是中心與邊緣的對話，在對話中，他也進一步將人類加以邊緣化。……他給我們提供了一個很有希望的後殖民主義研究方向。在目前仍舊存在著不平等的態勢中，為未來的平等尋找機會，從而引導我們帶著更廣泛的自由度，更樂觀、更加多元地建構一個新型共同體」[7]。而這些特徵也無不與本書中的研究對象——美國華人小說作家相吻合，他們起初也曾執著糾結自己到底家在何處，但在歲月的更迭、人生的淬鍊中從不放棄對人性的永恆追求，一步步實現從離散者到世界公民的轉換，經歷東西方兩種不同文化的衝擊與融合，在第三空間建構起多元文化中想像的共同體，完成獨特文化身分認同的自我建構，即21世紀跨國移居者獨有的移動式動態身分認同。愈來愈多具有跨國移民經驗的作家獲得了諾貝爾文學獎，如庫切、奈保爾

5　溫越、陳召榮編著，《流散與邊緣化：世界文學的另類價值關懷》（蘭州：甘肅人民出版社，2011），頁23。

6　王敬慧，《永遠的流散者——庫切評傳》（北京：北京大學出版社，2010），頁308。

7　王敬慧，《永遠的流散者——庫切評傳》（北京：北京大學出版社，2010），頁308。

（Sir Vidiadhar Surajprasad Naipaul, 1932-2018）、高行健等等，美國華人小說作家運用中文及英文寫作，終有機會也可能登上同樣的歷史舞臺。

參考文獻

主要小說文本

Anchee Min, *Katherine*, New York: Berkley Books, 2001.

Anchee Min, *Becoming Madame Mao*, London: Allison & Busby Limited, 2001.

Anchee Min, *Wild Ginger*, New York: Mariner Books, 2004.

Anchee Min, *Red Azelea*, New York: Anchor Books, 2006.

Anchee Min, *Pearl of China*, London: Bloomsbury, 2011.

Anchee Min, *The Cooked Seed*, London: Bloomsbury, 2014.

Geling Yan, *The Banquet Bug*, New York: Hyperion East, 2006.

Ha Jin, *Ocean of Words Army Stories*, New York: Vintage Books, 1998.

Ha Jin, *In the Pond*, New York: Vintage Books, 2000a.

Ha Jin, *Waiting*, New York: Vintage Books, 2000b.

Ha Jin, *The Bridegroom: Stories*, New York: Vintage Books, 2001.

Ha Jin, *The Crazed*, New York: Vintage Books, 2004.

Ha Jin, *War Trash*, New York: Vintage Books, 2005.

Ha Jin, *A Free Life*, New York: Vintage Books, 2007.

Ha Jin, *The Writer as Migrant*, Chicago: University of Chicago Press, 2008.

Ha Jin, *A Good Fall*, New York: Vintage Books, 2010.

Ha Jin, *Nanjing Requiem: A Novel*, New York: Vintage Books, 2011.

Ha Jin, *A Map of Betrayal*, New York: Vintage Books, 2015.

Ha Jin, *The Boat Rocker*, New York: Vintage Books, 2017.

Yiyun Li, *A Thousand Years of Good Prayers*, New York: Random House, 2006.

Yiyun Li, *The Vagrants*, New York: Random House, 2010.

Yiyun Li, *Gold Boy, Emerald Girl*, New York: Random House, 2010.

Yiyun Li, *Kinder Than Solitude*, New York: Random House，2015.

Yiyun Li, *Dear Friend, from My Life I Write to You in Your Life*, New York: Random House, 2018.

艾米，《山楂樹之戀》，南京：江蘇人民出版社，2009。

艾米，《欲》，瀋陽：萬卷出版社，2010。

艾米，《小情敵》，南京：江蘇文藝出版社，2011。
艾米，《致命的溫柔》，武漢：長江文藝出版社，2012。
艾米，《其實我是愛你的》，合肥：安徽人民出版社，2012。
艾米，《同林鳥》，武漢：長江文藝出版社，2012。
艾米，《想愛就愛》，武漢：長江文藝出版社，2012。
艾米，《我還是相信愛情吧，萬一遇見了呢？》，武漢：長江文藝出版社，2014。
艾米，《等你愛我》，北京：北京聯合出版公司，2015。
艾米，《完美告別》，北京：北京聯合出版公司，2015。
艾米，《絕不離婚》，武漢：長江文藝出版社，2016。
哈金，《落地》，臺北：時報文化出版有限公司，2010。
哈金，《落地》，南京：江蘇文藝出版社，2012。
嚴歌苓，《花兒與少年》，北京：崑崙出版社，2004。
嚴歌苓，《吳川是個黃女孩》，西安：陝西師範大學出版社，2009。
嚴歌苓，《赴宴者》，西安：陝西師範大學出版社，2009。
嚴歌苓，《也是亞當，也是夏娃》，銀川：寧夏人民出版社，2010。
嚴歌苓，《扶桑》，西安：陝西師範大學出版社，2012。
嚴歌苓，《少女小漁》，西安：陝西師範大學出版社，2012。
嚴歌苓，《老師好美》，天津：天津人民出版社，2016。
嚴歌苓，《寄居者》，天津：天津人民出版社，2016。
嚴歌苓，《芳華》，北京：人民文學出版社，2018。
查建英，《叢林下的冰河》，合肥：安徽文藝出版社，1990。
查建英，《到美國去！到美國去！》，北京：作家出版社，1991。
查建英，《留美故事》，石家莊：花山文藝出版社，2003。

主要小說文本的譯作

哈金著，金亮譯，《新郎》，臺北：時報文化出版有限公司，2001。
哈金著，卞麗莎、哈金譯，《好兵》，臺北：時報文化出版有限公司，2003。
哈金著，黃燦然譯，《瘋狂》，臺北：時報文化出版有限公司，2004。
哈金著，季思聰譯，《自由生活》，臺北：時報文化出版有限公司，2008。
哈金著，明迪譯，《在他鄉寫作》，臺北：聯經出版社，2010。
哈金著，季思聰譯，《南京安魂曲》，南京：江蘇文藝出版社，2011。

哈金著，王瑞芸譯，《小鎮奇人異事》，南京：江蘇文藝出版社，2013。
哈金著，湯秋妍譯，《背叛指南》，臺北：時報文化出版有限公司，2014。
哈金著，金亮譯，《等待》，成都：四川文藝出版社，2015a。
哈金著，金亮譯，《等待》，臺北：時報文化出版有限公司，2015b。
哈金著，金亮譯，《池塘》，北京：北京聯合出版公司，2015c。
哈金著，金亮譯，《池塘》，臺北：時報文化出版有限公司，2015d。
哈金著，季思聰譯，《戰廢品》，臺北：時報文化出版有限公司，2015e。
哈金著，金亮譯，《新郎》，北京：北京聯合出版公司，2015f。
哈金著，金亮譯，《折騰到底》，臺北：時報文化出版有限公司，2017。

學位論文

蔡曉惠，《美國華人文學中的空間形式與身分認同》，南開大學博士學位論文，2014。
豐雲，《論華人新移民作家的飛散寫作》，山東大學博士學位論文，2007。
關合鳳，《東西方文化碰撞中的身分尋求——美國華裔女性文學研究》，河南大學博士學位論文，2002。
胡學杏，《論哈金小說的生命意識》，溫州大學碩士學位論文，2015。
李思捷，《身分書寫與跨文化心態透視——二十世紀末海外華人非母語（英語）文學寫作研究》，暨南大學博士學位論文，2003。
李燕，《跨文化視野下的嚴歌苓小說研究》，暨南大學博士學位論文，2008。
劉增美，《族裔性欲文學性之間——美國華裔文學批評研究》，南京師範大學博士學位論文，2011。
呂紅，《追索與建構：論海外華人文學的身分認同》，華中師範大學博士學位論文，2009。
彌沙，《美國華裔文學批評的嬗變：族裔性、文學性、世界性》，黑龍江大學博士學位論文，2016。
默崎，《美華文學和「美國夢」敘事研究》，陝西師範大學博士學位論文，2017。
沈楠，《哈金筆下東方主義話語的呈現》，南京理工大學碩士學位論文，2009。
王凱，《多元文化主義語境下的當代美國華裔文學》，中央民族大學博士學位論文，2015。
汪倩秋，《哈金長篇小說中的「邊緣人」書寫》，西南交通大學碩士學位論文，2004。
王楊，《哈金《等待》中的東方主義建構》，陝西師範大學碩士學位論文，2013。
楊華，《二十世紀美國華人文學中的中國形象》，山東大學博士學位論文，2012。
詹喬，《論華裔美國英語敘事文本中的中國形象》，暨南大學博士學位論文，2007。
周聚群，《「紅色」中國的「雜色」呈現——論海外華文／華人小說中的「文革」書寫》，蘇州大學博士學位論文，2009。

期刊論文

김혜준,〈한국의 중국현대문학 학위논문및 이론서목록〉,《중국현대문학》No.52, 서울: 한국중국현대문학학회, 2010, pp. 225-246.
김혜준,〈화인화문문학연구를 위한 시론〉,《중국어문논총》Vol. 50, 서울:중국어문연구회, 2011, pp. 77-116.
김혜준,〈시논폰문학（Sinophone Literature）, 경계의 해체 또는 재획정〉,《중국현대문학》No.80, 서울: 한국중국현대문학학회, 2017, pp. 73-105.
김혜준,〈시노폰문학, 세계화문문학, 화인화문문학—시노폰문학（Sinophone Literature）주장에 대한 중국 대륙 학계의 긍정과 비판〉,《중국어문논총》Vol. 80, 서울: 중국어문연구회, 2017, pp. 329-357.
김혜준,〈캐나다화예작가협회（加華作協）단편소설의 특징과 의의 – 캐나다 화인화문문학의의의와 과제〉,《중국현대문학》제86집, 서울: 중국현대문학학회, 2018년, pp. 193-220.
Carol Severino, "Avoiding Appropriation", *ESL Writers: A Guide for Writing Center Tutors*, Vol. 2, Portsmouth, NH: Boynton/Cook, 2009, pp. 48-59.
Louis J. Parascandola and Rajul Punjabi, *Asian American Literature: Discourses and Pedagogies*, Vol. 8, 2017, pp. 43-61.
陳愛敏，〈個人記憶與歷史再現——談哈金的流散身分和文革書寫〉，《徐州師範大學學報（哲學社會科學版）》第34卷第6期，徐州：徐州師大學報編輯部，2008，頁48-51。
陳廣興，〈自由的寫作？——華裔美國作家哈金的悖論〉，《中國比較文學》2009年第3期（總第76期），上海：《中國比較文學》雜誌社，

2009，頁80-89。

陳國恩，〈從「傳播」到「交流」——海外華文文學研究基本模式的選擇〉，《華文文學》2009年第1期（總第90期），汕頭：《華文文學》編輯部，2009，頁5-11。

陳國恩，〈海外華文文學不能進入中國現當代文學史〉，《中國現代文學研究叢刊》2010年第1期，北京：《中國現代文學研究叢刊》編輯部，2010，頁112-117。

陳涵平，〈試論北美新華文文學的研究價值〉，《中國比較文學》2006年第3期（總第64期），上海：中國比較文學學會，2006，頁93-101。

陳慰萱，〈困惑與選擇：在兩個世界之間——美籍華人女作家查建英、譚愛梅、於梨華小說分析〉，《國外社會科學》1997年第5期，北京：《國外社會科學》編輯部，1997，頁37-44。

戴月紅，〈鏡像：讀者為它者和作者為它者——李翊雲的小說和寫作〉，《當代文壇》2013年第3期，成都：四川省作家協會，2013，頁76-80。

董雯婷，〈Diaspora：流散還是離散？〉，《華文文學》2018年第2期（總第145期），汕頭：《華文文學》編輯部，2018，頁46-51。

樊義紅，〈《想像的共同體》對文學研究的意義探析〉，《咸陽師範學院學報》第28卷第3期，咸陽：咸陽師範學院學報編輯部，2013，頁92-95。

馮元元，〈關注小人物命運，書寫文化差異——評華裔女作家李翊雲和她的短篇小說創作〉，《博覽群書》2015年第2期，北京：《光明日報》出版社，2015，頁86-89。

郭群，〈文化身分認同危機與異化——論查建英的《到美國去！到美國去！》〉，《東北大學學報（社會科學版）》第9卷第5期，瀋陽：東北大學學報編輯部，2007，頁461-465。

胡賢林、朱文斌，〈華文文學與華人文學之辯——關於華文文學研究轉向華人文學的反思〉，《安徽大學學報（哲學社會科學版）》第31卷第3期，合肥：安徽大學學報編輯部，2007，頁66-70。

黃萬華，〈百年海外華文文學的整體性研究〉，《山西大學學報（哲學社會科學版）》第35卷第3期，太原：山西大學學報編輯部，2012，頁121-126。

黃瑤、向穎，〈中國經驗的「異語表達」——論嚴歌苓英文小說《赴宴者》〉，《重慶教育學院學報》第25卷第5期，重慶：重慶教育學院學報編輯部，2012，頁74-77。

金惠俊，〈試論華人華文文學研究〉，《香港文學》第341期，香港：香港文學出版社，2013年5月，頁18-26。

金惠俊著，梁楠譯，〈華語語系文學，世界華文文學，華人華文文學〉，《東華漢學》第29期，臺灣花蓮：東華大學，2019年6月，頁301-332。

康正果，〈告別瘋狂——評哈金的小說《瘋狂》〉，《華文文學》2006年第2期（總第73期），汕頭：《華文文學》編輯部，2006，頁5-9。

李冰，〈李翊雲小說中異化與歸化的語言策略〉，《江蘇第二師範學院學報（社會科學）》第31卷第10期，南京：江蘇第二師範學院學報編輯部，2015，頁81-86。

李靜，〈困境中的人——獲得語中國女作家李翊雲小說論〉，《西南民族大學學報（人文社科版）》2009年第4期（總第212期），成都：西南民族大學學報編輯部，2009，頁269-273。

李慶，〈論《瘋狂》的悲劇意識〉，《忻州師範學院學報》第27卷第4期，忻州：忻州師範學院學報編輯部，2011，頁29-32。

李小海，〈對《喜福會》中「自我」與「他者」的東方主義解讀〉，《電影文學》2010年第4期，長春：《電影文學》編輯部，2010，頁131-132。

李楊，〈「華語語系」與「想像的共同體」：解構視域中的「中國」認同〉，《華文文學》2016年第5期（總第136期），汕頭：《華文文學》編輯部，2016，頁76-91。

劉登翰，〈關於華文文學幾個基礎性概念的學生清理〉，《文學評論》2004年第4期，北京：《文學評論》編輯部，2004，頁149-155。

劉俊，〈論美國華文文學中的留學生題材小說——以於梨華、查建英、嚴歌苓為例〉，《南京大學學報（哲學・人文科學・社會科學）》2000年第6期第37卷（總第138期），南京：南京大學學報編輯部，2000，頁30-38。

劉俊，〈「他者」的存在和「身分」的追尋——美國華文文學的一種解讀〉，《南京大學學報（哲學・人文科學・社會科學）》第40卷第5期（總155期），南京：南京大學學報編輯部，2003，頁102-110。

劉俊，〈第一代美國華人文學的多重面向——以白先勇、聶華苓、嚴歌苓、哈金為例〉《常州工學院學報（社科版）》第24卷第6期，常州：常州工學院學報編輯部，2006，頁15-20。

劉俊，〈「華語語系文學」的生成、發展與批判——以史書美、王德威為中心〉，《文藝研究》2015年第11期，北京：《文藝研究》編輯部，2015，頁51-60。

劉俊，〈「世界華文文學」／「華語語系文學」視野下的「新華文學」〉，《暨南學報（哲學社會科學）》2016年第12期（總第215期），廣州：暨南學報編輯部，2016，頁2-9。

呂銀平，〈評艾米的《山楂樹之戀》〉，《湖北函授大學學報》第24卷第5期，武漢：湖北函授大學學報編輯部，2011，頁117-118。

呂曉琳，〈構築想像中的共同體——論《喜福會》中的文化身分認同〉，《現代語文》2010年11月上旬刊，曲阜：現代語文雜誌社，2010，頁158-160。

呂曉琳，〈論林語堂與魯迅散文風格之別〉，《文學教育》第9期，武漢：文學教育雜誌社，2011，頁68-70。

苗穎，〈「混雜性」概念在後殖民語境中的植入及內涵衍變〉，《中南大學學報（社會科學版）》第19卷第6期，2013，頁202-206。

繆菁，〈離散批評與文化身分認同的持續性策略〉，《學術論壇》2014年第11期（總第286期），南寧：廣西社會科學院，2014，頁110-114。

饒芃子、費勇，〈論海外華文文學的命名意義〉，《文學評論》1996年第1期，北京：《文學評論》編輯部，1996，頁31-38。

饒芃子，〈「世界華文文學聯會」成立感言〉，《華文文學》2007年第3期（總第80期），汕頭：《華文文學》編輯部，2008，頁5。

饒芃子，〈海外華文文學在中國學界的興起及其意義〉，《華文文學》2008年第3期（總第86期），汕頭：《華文文學》編輯部，2008，頁5-10。

錢超英，〈自我、他者與身分焦慮——論澳大利亞新華人文學及文化意義〉，《暨南學報（哲學社會科學）》第22卷第4期，廣州：暨南學報編輯部，2000，頁4-12。

錢翰，〈「華語語系文學」：必也正名乎〉，北京：《文藝報・文學評論版》2017年8月4日。

王德威，〈文學行旅與世界想像：華文作家在哈佛〉，臺北：《聯合報・聯合副刊》2006年7月8-9日。

王德威，〈華語語系文學：邊界想像與越界建構〉，《中山大學學報（社會科學版）》2006年第5期第46卷（總203期），廣州：中山大學學報編輯部，2006，頁1-4。

王虹，〈性別、種族、階級與女性解放〉，《社會科學研究》2010年第5期，成都：《社會科學研究》雜誌社，2010，頁100。

吳秀明，〈「文化中國」視域下的世界華文文學史料〉，《文藝研究》2015年第7期，北京：《文藝研究》編輯部，2015，頁55-65。

史書美撰，紀大偉譯，〈全球的文學，認可的機制〉，臺北：《清華學報》新34卷1期，2004，頁1-29。

史書美，〈何謂華語語系研究？〉，臺北：《文山評論：文學與文化》第9卷第2期，2016，頁105-123。

向憶秋，〈華裔美國文學．美國華文文學．美國華人文學．旅美華人文學〉，《華文文學》2008年第5期（總第88期），汕頭：《華文文學》編輯部，2008，頁54-59。
葉子，〈再說「看」與「被看」——魯迅、李翊雲或圍觀的陰影〉，《南方文壇》2016年第1期，南寧：《南方文壇》雜誌社，2016，頁27-30。
曾鎮南，〈評查建英的留美故事〉，《小說評論》1990年第4期，西安：《小說評論》雜誌社，1990，頁3-10。
張長青，〈論北美新移民作家的本土書寫——以嚴歌苓、查建英為例〉，《連雲港師範高等專科學校學報》2009年第3期，連雲港：連雲港師範高等專科學校學報編輯部，2009，頁37-40。
張海燕、趙靜春、毛海濤，〈「等待」中的女性他者〉，《文化創新比較研究》2018年第1期，哈爾濱：《文化創新比較研究》雜誌社，2018，頁42-43。
張龍海、張武，〈新世紀中國大陸美國華裔文學研究〉，《社會科學研究》2017年第5期，成都：四川省社會科學院，2017，頁24-38。
趙寧，〈閔安琪性別再現中領受與反撥的書寫——以《紅杜鵑》為例〉，《洛陽師範學院學報》第32卷第9期，洛陽：洛陽師範學院學報編輯部，2013，頁51-56。
趙稀方，〈從後殖民理論到華語語系文學〉，《北方論叢》2015年第2期（總第250期），哈爾濱：《北方論叢》編輯部，2015，頁31-35。
周冰心，〈迎合西方全球想像的「東方主義」——近年來海外「中國語境」小說研究〉，《華文文學》2006年第1期（總第72期），汕頭：《華文文學》編輯部，2006，頁41-68。
周亞萍，〈論閔安琪《狂熱者》中的文革敘事〉，《攀枝花學院學報》第31卷第6期，攀枝花：攀枝花學院學報編輯部，2014，頁47-55。
朱崇科，〈「華語語系」中的洞見與不見〉，北京：《文藝報．文學評論版》2017年8月4日。

中文專著

愛德華．W．薩義德著，單德興譯，《知識分子論》，北京：三聯書店，2002。
愛德華．W．薩義德著，李琨譯，《文化與帝國主義》，北京：三聯書店，2003。
愛德華．W．薩義德著，王宇根譯，《東方學》，北京：三聯書店，

2009。
本尼迪克特・安德森著，吳叡人譯，《想像的共同體——民族主義的起源與散布》，上海：上海人民出版社，2005。
彼得・V・齊馬著，范勁、高曉倩譯，《比較文學導論》，合肥：安徽教育出版社，2009。
潮龍起，《美國華人史（1848-1949）》，濟南：山東畫報出版社，2010。
陳公仲，《離散與文學：陳公仲選集》，廣州：花城出版社，2012。
陳涵平，《北美新華文文學》，銀川：寧夏人民出版社，2006。
陳曉暉，《當代美國華人文學中的「她」寫作——對湯亭亭、譚恩美、嚴歌苓等幾位華人女作家的多面分析》，北京：中國華僑出版社，2007。
陳義華，《後殖民知識界的起義——庶民學派研究》，北京：中央編譯出版社，2009。
陳志紅，《反抗與困境：女性主義文學批評在中國》，杭州：中國美術學院出版社，2006。
程愛民，《美國華裔文學研究》，北京：北京大學出版社，2003。
程愛民、邵怡、盧俊，《20世紀美國華裔小說研究》，南京：南京大學出版社，2010。
程愛民、趙文書主編，《跨國語境下的美洲華裔文學與文化研究》，南京：南京大學出版社，2011。
金伊蓮（Elaine H. Kim），《亞裔美國文學：作品及社會背景介紹》，北京：外語教學與研究出版社，2006。
方紅，《完整生存——後殖民英語國家女性創作研究》，杭州：浙江大學出版社，2011。
弗朗茲・法農著，萬冰譯，《黑皮膚，白面具》，南京：譯林出版社，2005。
何文敬，《我是誰？美國小說中的文化屬性》，臺北：書林出版有限公司，2010。
胡月寶，《魚尾獅與魚尾獅旁的花木蘭：當代新加坡華文文學論文選》，桂林：廣西師範大學出版社，2010。
黃桂友、吳冰，《全球視野下的亞裔美國文學》，北京：外語教學與研究出版社，2008。
黃暉、周慧，《流散敘事與身分追尋：奈保爾研究》，杭州：浙江大學出版社，2010。
黃錦樹，《馬華文學與中國性》，臺北：麥田出版社，2012。
黃秀玲著，詹喬、蒲若茜、李亞萍譯，《從必需到奢侈：解讀亞裔美國文學》，北京：中國社會科學出版社，2007。
佳亞特里．斯皮瓦克著，陳永國、賴立里、郭英劍主編，《從解構到全球化批判：斯皮瓦克讀本》，北京：北京大學出版社，2007。
李鳳亮，《彼岸的現代性——美國華人批評家訪談錄》，桂林：廣西師範大學出版社，2011。
李貴蒼，《文化的重量：解讀當代華裔美國文學》，北京：人民文學出版社，2006。
李秀立，《作為文化和政治批評的文學：斯皮瓦克的文學政治觀研究》，北京：新華出版社，2012。
李亞萍，《故國回望：20世紀中後期美國華文文學主題研究》，北京：中國社會科學院出版社，2006。
李應志，《解構的文化政治實踐：斯皮瓦克後殖民文化批評研究》，上海：上海三聯書店，2008。
李有成、張錦忠，《離散與家國想像——文學與文化研究集稿》，臺北：允晨文化，2010。
李琤，《美國早期戲劇與電影中的中國人形象》，上海：上海交通大學出版社，2009。
林樹明，《多維視野視野中的女性主義文學批評》，北京：中國社會科學出版社，2004。
劉芳，《翻譯與文化身分——美國華裔文學翻譯研究》，上海：上海交通大學出版社，2010。
劉禾，《跨語際實踐》，宋偉傑等譯，北京：三聯書店，2008。
劉建喜，《從對立到糅合：當代澳大利亞文學中的華人身分研究》，天津：天津大學出版社，2010。
劉俊，《世界華文文學整體觀》，北京：人民文學出版社，2007。
劉葵蘭，《變換的邊界——亞裔美國作家和批評家訪談錄》，天津：南開大學出版社，2012。
劉小新，《華文文學與文化政治》，鎮江：江蘇大學出版社，2011。
陸薇，《走向文化研究的華裔美國文學》，北京：中華書局，2007。
羅伯特．J．C．揚著，容新芳譯，《後殖民主義與世界格局》，南京：譯林出版社，2008。
倪立秋，《新移民小說研究》，上海：上海交通大學出版社，2009。
蒲若茜，《族裔經驗與文化想像：華裔美國小說典型母題研究》，北京：中國社會科學出版社，2006。
錢鎖橋，《華美文學：雙語加注編目》，天津：南開大學出版社，2011。
饒芃子，《思想文綜（第9輯）》，廣州：暨南大學出版社，2005。

饒芃子，《流散與回望——比較文學視野中的海外華人文學》，天津：南開大學出版社，2007。
饒芃子、莫嘉麗，《邊緣的解讀：澳門文學論稿》，北京：中國社會科學出版社，2008。
饒芃子、楊匡漢，《海外華文文學教程》，廣州：暨南大學出版社，2009。
饒芃子，《華文流散文學論集》，上海：復旦大學出版社，2011。
任一鳴，《後殖民：批評理論與文學》，北京：外語教學與研究出版社，2008。
融融、陳瑞琳，《一代飛鴻——北美中國大陸新移民作家短篇小說精選述評》，北京：中國文聯出版社，2008。
單德興，《重建美國文學史》，北京：北京大學出版社，2006。
單德興，《故事與新生：華美文學與文化研究》，天津：南開大學出版社，2009。
單德興，《他者與亞美文學》，臺北：中央研究院歐美研究所，2015。
石平萍，《當代美國少數族裔女作家研究》，成都：成都時代出版社，2007。
史書美，《視覺與認同：跨太平洋華語語系表述．呈現》，楊華慶譯，蔡建鑫校訂，臺北：聯經出版社，2013。
史書美，《反離散：華語語系研究論》，臺北：聯經出版社，2017。
宋炳輝，《弱勢民族文學在中國》，南京：南京大學出版社，2007。
唐蔚明，《顯現中的文學：美國華裔女性文學中的跨文化變遷》，天津：南開大學出版社，2010。
王德威，《想像中國的方法：歷史．小說．敘事》，北京：三聯書店，1998。
王德威，《當代小說二十家》，北京：三聯書店，2006。
王德威，《根的政治，勢的詩學：華語論述與中國文學》，高雄：國立中山大學出版社，2015。
王德威，《華夷風起：華語語系文學三論》，高雄：國立中山大學文學院，2015。
王德威、高嘉謙、胡金倫編，《華夷風：華語語系文學讀本》，臺北：聯經出版，2016。
翁奕波，《編餘拾論——海外華文文學評論及其他（上）》，汕頭：汕頭大學出版社，2006。
王光林，《錯位與超越——美、澳華裔作家的文化認同》，天津：南開大學出版社，2004。

王建會，《性別與種族政治：華裔美國女性文學作品研究》，青島：中國海洋大學出版社，2011。
王敬慧，《永遠的流散者——庫切評傳》，北京：北京大學出版社，2010。
王曉初、朱文斌，《世界華文文學研究（第五輯）》，合肥：安徽大學出版社，2009。
王兆勝，《林語堂——兩腳踏中西文化》，北京：文津出版社，2005。
王宗法，《山外青山天外天——海外華文文學綜論》，合肥：安徽大學出版社，2008。
吳冰、王立禮主編，《華裔美國作家研究》，天津：南開大學出版社，2009。
吳冰、張子清主編，《亞／華裔美國文學譯叢》，長春：吉林出版集團，2011。
吳冰，《亞裔美國文學導讀》，北京：外語教學與研究出版社，2012。
溫越、陳召榮編著，寇瑞娟，〈後殖民主義視域下的邊緣話語與邊緣文學〉，《流散與邊緣化：世界文學的另類價值關懷》，蘭州：甘肅人民出版社，2011。
蕭薇，《異質文化語境下的女性書寫——海外華人女性寫作比較研究》，成都：巴蜀書社，2005。
徐穎果，《美國華裔文學選讀（第二版）》，天津：南開大學出版社，2008a。
徐穎果，《跨文化視野下的美國華裔文學——趙健秀作品研究》，天津：南開大學出版社，2008b。
徐穎果，《離散族裔文學批評讀本：理論研究與文本分析》，天津：南開大學出版社，2012。
薛玉鳳，《美國華裔文學之文化研究》，北京：人民文學出版社，2007。
嚴敏，《在文學的現場——臺港澳暨海外華文文學在中國大陸文學期刊中的傳播與建構（1979-2002）》，北京：中國社會科學出版社，2011。
尹曉煌、徐穎果主譯，《美國華裔文學史（中譯本）》，天津：南開大學出版社，2006。
張德明，《流散族群的身分建構——當代加勒比英語文學研究》，杭州：浙江大學出版社，2007。
張龍海，《屬性和歷史：解讀美國亞裔文學》，廈門：廈門大學出版社，2004。
張龍海，《透視美國華裔文學》，天津：南開大學出版社，2012。
張其學，《後殖民主義語境中的東方社會》，北京：中國社會科學出版社，2008。
張瓊，《從族裔聲音到經典文學》，上海：復旦大學出版社，2009。
張跣，《賽義德後殖民理論研究》，上海：復旦大學出版社，2007。
趙文書，《和聲與變奏——華美文學文化取向的歷史嬗變》，天津：南開大學出版社，2009。
趙稀方，《後殖民理論》，北京：北京大學出版社，2009。
周蕾，《寫在家國之外》，香港：牛津大學出版社，1995。
朱崇科，《華語比較文學：問題意識及批評實踐》，上海：上海三聯書店，2012。
朱立立，《身分認同與華文文學研究》，上海：上海三聯書店，2008。
朱文斌，《跨國界的追尋——世界華文文學詮釋與批評》，北京：新星出版社，2006。
朱文斌，《世界華文文學研究（第三輯）》，合肥：安徽大學出版社，2006。
朱小雪，《外國人眼中的中國形象及華人形象研究》，北京：旅遊教育出版社，2011。
莊園，《文化的華文文學——華文文學研究方法論爭鳴集》，汕頭：汕頭大學出版社，2006。

非中文專著

왕더웨이, 김혜준옮김, 《시노폰담론중국문학: 현대성의다양한목소리》, 서울: 학고방, 2017.
Abdul R. JanMohamed and David Lloyd, *The Nature and Context of Minority Discourse*, New York: Oxford University Press, 1990.
Deleuze & Guattari, translated by Dana Polan, forwarded by Reda Bensmala, *Kafka: Toward a Minor Literature*, Minneapolis: University of Minnesota Press, 2008.
Douglas Robinson, *Translation and Empire: Postcolonial Theories Explained*, Beijing: Foreign Language Teaching and Research Press, 2007.
Francoise Lionnet & Shu-mei Shih, *Minor Transnationalism*, Durbam and London: Duke University Press, 2005.
Gayatri Chakravorty Spivak, *In Other Worlds*, New York: Routledge, 2006.
Maxine Hong Kingston, "Cultural Mis-readings by American Reviewers", Guy Amirthanayagam ed. *Asian and Western Writers in Dialogue: New Cultural Identities*. London: Macmillan Ltd, 1982.

Shu-mei Shih, *Visuality and Identity: Sinophone Articulations across the Pacific*, California Press, 2007.

Shu-mei Shih，Chien-hsin Tsai and Brian Bernards, *Sinophone Studies: A Critical Reader*, New York: Columbia University Press, 2013.

語言文學類　PG2447　文學視界115

家在何處？
——美國華人小說中的雙重他者性與文化身分認同

作　　者／呂曉琳
責任編輯／尹懷君
圖文排版／周妤靜
封面設計／劉肇昇

發 行 人／宋政坤
法律顧問／毛國樑　律師
出版發行／秀威資訊科技股份有限公司
114台北市內湖區瑞光路76巷65號1樓
電話：+886-2-2796-3638　傳真：+886-2-2796-1377
http://www.showwe.com.tw
劃撥帳號／19563868　戶名：秀威資訊科技股份有限公司
讀者服務信箱：service@showwe.com.tw
展售門市／國家書店（松江門市）
104台北市中山區松江路209號1樓
電話：+886-2-2518-0207　傳真：+886-2-2518-0778
網路訂購／秀威網路書店：https://store.showwe.tw
國家網路書店：https://www.govbooks.com.tw

2020年8月　BOD一版
定價：300元

國家圖書館出版品預行編目

家在何處? : 美國華人小說中的雙重他者性與文
化身分認同 / 呂曉琳著. -- 一版. -- 臺北市 :
秀威資訊科技, 2020.08
面； 公分. -- (語言文學類 ; PG2447) (文
學視界 ; 115)
BOD版
ISBN 978-986-326-827-7(平裝)

1.海外華文文學 2.小說 3.文學評論

850.957 109010294

讀者回函卡

感謝您購買本書，為提升服務品質，請填妥以下資料，將讀者回函卡直接寄回或傳真本公司，收到您的寶貴意見後，我們會收藏記錄及檢討，謝謝！如您需要了解本公司最新出版書目、購書優惠或企劃活動，歡迎您上網查詢或下載相關資料：http:// www.showwe.com.tw

您購買的書名：＿＿＿＿＿＿＿＿＿＿＿＿＿＿＿＿＿＿＿＿

出生日期：＿＿＿＿＿年＿＿＿＿＿月＿＿＿＿＿日

學歷：□高中（含）以下　□大專　□研究所（含）以上

職業：□製造業　□金融業　□資訊業　□軍警　□傳播業　□自由業
　　　□服務業　□公務員　□教職　□學生　□家管　□其它＿＿＿

購書地點：□網路書店　□實體書店　□書展　□郵購　□贈閱　□其他

您從何得知本書的消息？

□網路書店　□實體書店　□網路搜尋　□電子報　□書訊　□雜誌
□傳播媒體　□親友推薦　□網站推薦　□部落格　□其他＿＿＿＿＿

您對本書的評價：（請填代號　1.非常滿意　2.滿意　3.尚可　4.再改進）

封面設計＿＿　版面編排＿＿　內容＿＿　文／譯筆＿＿　價格＿＿

讀完書後您覺得：

□很有收穫　□有收穫　□收穫不多　□沒收穫

對我們的建議：＿＿＿＿＿＿＿＿＿＿＿＿＿＿＿＿＿＿＿＿

＿＿＿＿＿＿＿＿＿＿＿＿＿＿＿＿＿＿＿＿＿＿＿＿＿＿

＿＿＿＿＿＿＿＿＿＿＿＿＿＿＿＿＿＿＿＿＿＿＿＿＿＿

＿＿＿＿＿＿＿＿＿＿＿＿＿＿＿＿＿＿＿＿＿＿＿＿＿＿

請貼
郵票

11466
台北市內湖區瑞光路 76 巷 65 號 1 樓

秀威資訊科技股份有限公司 收

BOD 數位出版事業部

(請沿線對折寄回，謝謝！)

姓　名：＿＿＿＿＿＿＿＿＿＿ 年齡：＿＿＿＿ 性別：□女 □男

郵遞區號：□□□□□

地　址：＿＿＿＿＿＿＿＿＿＿＿＿＿＿＿＿＿＿＿＿

聯絡電話：(日)＿＿＿＿＿＿＿＿＿＿ (夜)＿＿＿＿＿＿＿＿＿＿

E-mail：＿＿＿＿＿＿＿＿＿＿＿＿＿＿＿＿＿＿＿＿